まぼろしの枇杷の葉蔭で

祖母、葛原妙子の思い出

金子冬実

書肆侃侃房

まぼろしの枇杷の葉蔭で　祖母、葛原妙子の思い出＊もくじ

はじめに　4

大森の家　7

大森の家　8

祖母の思い出　15

祖母の生い立ち　25

葛原妙子の生い立ち　26

二枚の写真　38

軽井沢のこと　43

軽井沢のこと　44

眩しき金　51

朱と咲きいでよ　55

ふたつの雛　56

朱と咲きいでよ　67

かけす　70

酒瓶の花　73

多摩のみづうみ　77

栗の木はさびしきときに　82

しずくひとつ、取りさった幸福　88

切手のこと　95

素晴らしき人生　98

室生犀星と祖母　113

イシのようなひと　114

畳の上の伊勢えび　126

實となりてぞ殘れる　135

まぼろしの枇杷　145

銀靈　146

貞香と妙子　149

祖父の思い出　157

まぼろしの枇杷　164

注　172

あとがき　176

初出　180

はじめに

子どもの頃のアルバムに、三歳の私と祖母を写した写真が貼ってある。一九七二（昭和四七）年の初夏、祖父母が住んでいた大森の家の、玄関先で撮った一枚だ。祖母は外出するらしい。どこへ行くのだろう、お気に入りの花模様のワンピースに、真珠のネックレスをつけた盛装だ。白い手袋をはめている。きっと何か重要な会合に違いない。六十五歳の祖母は、この頃おそい人生の円熟期を迎えていた。

母方の祖母、歌人の葛原妙子（一九〇七〜八五）が歌を詠み始めたのは三十代、最初の歌集を上梓したのは四十代だった。芸術家としてはゆっくりとしたスタートである。遅れを取り戻すかのように、祖母は歌作に没頭した。私が生まれた頃は、ちょうどそれらが少しずつ歌壇で認められ、賞をいただくようになっていた時期であった。

ものを見る目の背後に、それをまなざすもう一つの目があるかのような、独特の歌風。祖母はそれゆえに、人々から「幻視の女王」とも呼ばれたのだった。

祖父母には子どもが四人、孫が私を含めて五人おり、みな思い思いに大森の家や、夏を過ごす軽井沢の家に集まった。私もまた母に連れられ、頻繁に大森を訪ねた。祖母は人生最後の歌集を二冊と、自らの歌誌を世に出すべく精力を傾けていた。家族の誰よりも、ひときわ大きく強烈な個性をもった人であり、時としてそれによって生じる軋轢を、周囲は諦めとともに受けとめる。そんな様を、私は眺めてきた。

今ここに、その頃の思い出を、いくつか記してみたい。

私自身の記憶、そして母や伯母たちから聞いてきたこと。目をとじて待つ。祖母の姿、その家、そこに集っていた人々が、少しずつ少しずつ、瞼の裏に蘇ってくる。

装幀　成原亜美（成原デザイン事務所）
装画　杉本さなえ

大森の家

大森の家にて、葛原妙子と生後４か月の著者
（1969年３月）

大森の家

植ゑし記憶あらざる枇杷の大樹にてわれに影するこのゆふつかた　『鷹の井戸』

服と同じように、家もまた、その人の美意識を表すものだと思う。祖母の住んでいた大森の家がまさにそうだった。大森駅から十分ほど歩いた線路沿いの平屋住宅。外科医の祖父、葛原輝《てる》が経営していた病院の敷地内にある、大きな家だった。

古い家だが、凝った作りだった。建築に興味があった祖母があちこちに手を入れていたからだ。

玄関を入ってすぐの長い廊下には、細い三本の飾り柱。窓のステンドグラスと調和して、優美なたたずまいを見せる。ステンドグラスはモンドリアン風に十字に切られ、オレンジ色のガラスを配したもの。落ち着いた感じでありながら、どこか斬新さもあるデザインだった。

家の南側に、台所と食堂、祖母の寝室と祖父の寝室。いずれも光が燦々と差し込む、明るい部屋だった。

真ん中の祖母の寝室は畳の部屋で、窓辺には魚の形をした囲炉裏の自在鈎と鍋が、装飾として天井からつるされている。和風な作りなのだが、窓全体に正方形の格子がはめこんであるせいか、不思議とモダンな雰囲気があった。

実はこの部屋が、私が生まれて初めて過ごした部屋だった。一九六八（昭和四三）年十二月はじめのことである。産院から出たばかりの私は、大森の家に連れてこられ、この部屋に寝かされた。産後の母の体調が落ち着くまで、二週間ほどここで過ごすことになっていたのだ。

ちょうどその日、家では歌会が開かれていた。廊下を隔てた北側の応接間に、多くの歌人が集まっていたという。会合の主催者であった祖母が、寝室に本か何かを取りに来て、寝ている私を見た。

「ぴいぴい良く泣く子だね、この子は」

母に一言いうと、祖母はすぐに応接間へと去った。祖母が私にかけた、人生最初の言葉だった。

生後数か月たって首が据わるようになると、食堂に隣接したサンルームの椅子に寝かされることもあった。このサンルームも祖母が作ったものである。床一面に黒い小さなタイルが張られており、鉢の植物の緑が映える。

ここに洗濯機を置くにあたり、祖母はそれを可能な限り黒い板で覆った。機械が丸見えというのが、美的に許せない人だったのだ。給湯器も板で覆うと主張したが、祖父に「機械には機械の美がある」と言われ、断念したらしい。祖父と祖母はこんな風に意見が合わず、よく喧嘩をしていた。

家の北側には、応接間と祖母の書斎、客用の寝室があった。

応接間には祖母の好きな品々がたくさん飾られていた。唐風の女俑《よう》や備前焼の壺、ギリシア製の馬の置物。大きな宝石の原石が置かれていたことを覚えている。アメジストだろうか、紫色の石だった。それらが並べてあるテーブルもまた、祖母がデザインしたもの。直角に組み合わせた二枚の長方形の板を、ほっそりとした足が支える、独創的な形だった。

うすらいで軽やかなようで、どこかしっとりとした重みを感じられる。祖母の作り出す意匠はそういうものが多かった。祖母は亡くなる四年前に、自らの歌誌『をがたま』を刊行するが、その一冊を手にとってみると、薄いのに何故か少し、まぼろしのように重みを感ずる。きっと上質な紙を使ったのだろう。装丁も細部までこだわっていて美しい。家も、家具も、雑誌も、歌と同じく祖母の「作品」だった。贅沢な人だったな、と今は思う。

と、このように家の内装においては自らの美の世界を追求していた祖母だったが、では身の回りをきちんと片付け、きれいに保っていたかというと、それは全く別問題であった。

整理整頓ができず、あっちを汚してはこっちへ、という人で、私が知る限り、掃除も自分ではせず、祖父にやらせていた。後年、私は祖母のもっていた写真を受け継いだのだが、短歌関係のものも家族のものも一緒くた、箱の中にごちゃごちゃに投げ込まれており、何が何だかわからなくなっている。万事そんな風で、自分の興味がないことには冷淡であり、何かを丁寧にメンテナンスして維持する、という性格ではなかった。

この家には庭らしい庭はなく、門扉ちかくと家まわりに木が植わっているだけなのだが、それらが手入れのないままに生い茂っていた。

祖母は苗木を植えたりするのは好きだが、その後はほったらかしにしてしまう。勝手に生えてくる木もある。みな枝がどんどん伸びる。それでも私が生まれる前には、それらを切って整えてくれるKさんという人がいた。祖父が手術をした患者さんだった。祖父は持ち合わせのない人からは治療代を取らなかったので、そのことを恩義に感じたKさんは、庭木の手入れなど、色々な雑用をしてくれていたという。しかし、私が物心ついた時には、おそらくKさんの足も遠のいていたのだろう、家の周囲は雑然としていた。応接間の外には、大樹になった泰山木や、庭木としては喜ばれない枇杷の木が、濃い緑の葉をさかんに茂らせている。それらもまた、忘れがたい大森の光景の一つだった。

内も外も、全てが祖母らしい家だった。晩年に祖母は別の地に住むことを切望したが、結局最後までこの家を離れることはなかった。亡くなる前、体調を崩して入院したのが、祖母と家との別れとなった。

一九八五（昭和六〇）年九月二日、祖母は入院先で亡くなったが、その晩、亡骸が大森の家に戻ってきたまさにそのタイミングで突然雷が鳴り、大雨が降り出した。その日は日中よく晴れた暑い日だったので、びっくりしたことを覚えている。

十六年前に私が寝かされていた祖母の寝室に、いそぎ祭壇がしつらえられ、納棺の儀式が執り行われた。黒い布がかけられた祖母の棺と、周囲に飾られた白い百合やトルコ桔梗の花々を、格子窓からの光がやわらかく照らしていた。

祖母の思い出

私の手もとに、一冊の白い大型本がある。「新潮古代美術館」シリーズの四冊目、『永遠のギリシア』という本で、もとは祖母の蔵書だったものだ。古代ギリシアの、様々な彫刻や壺の写真が収められた本である。中を開いてみると、数枚の手書きのメモが挟まっている。祖母の歌誌『をがたま』の制作中に入れられたものだ。祖母は私が生まれて間もなくと、小学校一年生の時にギリシアを訪れ、以来かの地にふかく心を寄せていた。自らの雑誌を作ろうと思い立った時、ギリシア文明はそのインスピレーションのひとつの源になっていたに違いない。本の中の、古びたそのメモを見るたびに、祖母が自らの美意識のすべてを傾けて『をがたま』を作ろうとしていたことが偲ばれてならない。『永遠のギリシア』は長らく、大森の家の応接間に置いてあった。祖母の死後、祖父も他界し、家を壊すことになった時に、シリーズの他の本とともに私が貰ってきた。祖母と私の間に、そうするという約束があったからである。

子どもの頃、大森の家に行く時には何か冒険に出かけるような気持ちになった。到着すると、私たち家族はいつも玄関ではなく、駐車場から庭木が荒れ放題の小道を通って、応接間に直接あがり込む。北向きのその部屋は、空気がひんやりとして真っ暗で、戸を開けて中に入ると、壁にかけてあるフランスのタペストリー「貴婦人と一角獣」の「我が唯一つの望みに」の大きな複製画が、外からの淡い光を受けて、闇の中にぼんやりと浮かび上がってくる。そして祖母がギリシアで買ってきたイコン風の絵画や、馬の置物も。それだけでもう、異国とまでは言わなくとも、子ども向けの探偵小説に出てくる「怪しい洋館」に来たような、わくわくする思いで胸が一杯になった。平屋だが、天井が高い家だったので、余計にそのように感じたのかもしれない。
　幅広い廊下を横切り、南側の食堂に入る。祖母はいつもそこにいた。私が生まれた年にサンルームを付け足したその部屋は、応接間とはうってかわって光にあふれ、明るく暖かかった。夜型の祖母は、昼前にやっと起きてきて、あとは一日中そこで過ごす。家事は何もせず、掃除も洗濯も祖父がしていた。料理は上手だったらしい。確かにお正月の栗きんとんは絶品だったし、歳上の従姉妹も、祖母が軽井沢でお味噌汁や天ぷらなどを作っていた様を覚えていると言っていた。ただ、私自身は手料理をふるまわれた記憶はあまりない。私たちが遊びに行くと、たいていは近所の「末広寿司」か、鰻店「野田岩」から出前をとったのだった。

　美術雑誌『みづゑ』を読んでいた祖母は絵画が好きで、家の中には「貴婦人と一角獣」の他にも、藤田嗣治の「猫を抱く少女」など様々な絵が飾ってあった。ほとんどは複製だが、人形を描いた鈴木信太郎のガラス絵は本物で、祖母がいつもいる食堂の入り口にかけられていた。子どもの目には何となくその人形が祖母に似ているように感じられ、「これはおばあちゃんを描いた絵だ」と思い込んでいたが、後に祖母が銀座の画廊で気に入って買ったものと聞かされた。喧嘩ばかりしていた祖父母が、唯一意見が一致して購入した品だった、と母は言っていた。

祖母は建築やインテリアに興味があった人で、大森の家も、夏を過ごす軽井沢の家も、祖母が意匠を凝らしたモダンなデザインが随所に顔をのぞかせていた。大森の家の廊下には、細い三本の柱が飾りとしてしつらえてあったし、軽井沢の家の押し入れの引手は、着物の端布を使って飾られていた。中でも印象的だったのが、大森の家の、食堂と隣の台所を仕切るガラスである。祖母がデザインして特別に作らせたステンドグラスが使われていたのだ。そのためか、夕暮れ時になると、台所にはえもいわれぬ不思議なオレンジ色の光が満ちた。後に祖母の葬儀にあたり、祖母の歌を代表する一首として、

他界より眺めてあらばしづかなる的となるべきゆふぐれの水　『朱靈』

が選ばれた時、あのオレンジ色の光に包まれて、夕方にだけ出現するあの異界の入り口で祖母はこの歌を詠んだのだろうと、当時高校生だった私はひとり思った。

私は祖母のことを「おばあちゃん」と呼んではいたものの、祖母は世間一般で言う「おばあちゃん」らしさが感じられる人では全くなかった。夫にかしづき、家族を愛し、まめまめしく皆の世話をやいていた父方の祖母とあまりに違いすぎる。そのことに戸惑いを覚えつつも、ある種の諦めの気持ちがあった。どうやら祖母は、周囲の大人たち、両親や伯父・伯母たちが「おばあちゃんはカジンだから……」としょっちゅう言う、その「カジン」なるものらしいから仕方がないのだと。

訪ねていくと、起きていれば祖母は食堂の椅子に腰掛け、鋏で原稿用紙を細く短冊に切り、それにぺんてるのペンで歌を書き付け、のりで紙に貼っていた。鋏は大小二種類あり、小さな鋏は金色の、ドイツ製で鶴の形をした美しいものだった記憶がある。

書くのは歌だけでなく、とにかく何でもメモを取る人だった。私の父とはわりと気が合ったらしく、よく話し込んでいたが、何か気になることがあるとすぐに書き取る。私が父に、たまたま大森の家にあったニルギリの紅茶が高級でおいしいという話をしていたのを祖母が聞きつけ、手元の紙にすかさず「ニルギリ」「高級」と書いていたのを覚えている。祖母は家からあまり出ない人だったが、あの広い、闇と光のコントラストの強い家の中にいれば、あるいは美術雑誌をめくったり、人の話を聞いたりしていれば、なにかが五感にふれる瞬間は少なくなかっただろう。そうやって、自分が目にした事物や風景にせよ、テレビや人の話にせよ、あるいは美術雑誌のグラビアにせよ、かつて自分が書いたメモにせよ、とにかく何かが祖母の心にふれる。すると、その段階で既に祖母の脳内にあった別のイメージとそれが結びつき、化学反応を起こして「歌のかけら」となる。祖母は急いでそれを紙片に書きつける。あとはそれを核として、一首の歌になるまで言葉を足したり引いたり、入れ替えたり、他のかけらと付き合わせたりしていく。幼い私にはそんなことをやっているかのように見えた。

もちろん本当にそうだったかどうかはわからない。ただ、弟が旅行先で馬頭観音を見て気に入った話がいつのまにか歌になっていたり、近所に住んでいる病み上がりの弟の友人が、名字を変えられて歌になっていたりするのだ。まあその不思議さといったらない。とにかく、何気ない日常の会話や出来事が、祖母を通ると美しい歌になって出てくる、そのからくりが、子ども心に何とも神秘的で、尊敬の気持ちを抱かざるを得なかった。そして、ある種の恐れの気持ちも。

一度、私が小学校の宿泊旅行の思い出を四つの詩にして、母がそれを祖母に見せたことがある。祖母はその晩、私を電話口に呼び出し、一つ一つ批評してくれた。自分でも全くそう思っていなかった詩を、祖母が「これが一番おとなびている」と言ったのが意外だった。そんな風に、いつも何が祖母の心の琴線にふれるのかわからなかったので、祖母に対する時、私はそこはかとなく緊張していた。

軽井沢の家に、従兄弟たちが作った楽焼きが置いてあり、そのうちの一つを祖母が「これは良い」と言ったことがある。私はその時、これこそがおばあちゃんが良いというものであり、他ではないのだ、と思い、なぜか少し怖さを感じた。祖母に選ばれるような美しいものでなければならない、という気持ちがあったのか、あるいは祖母の美の世界へのすさまじい集中力に恐れを抱いたのか。実際、それは相手が孫であろうと容赦ないものだった。私は、自分が刺し子の刺繡をした小さなエプロンを、気に入ったからと祖母に取り上げられたことがある。私の抵抗にもかかわらず、祖母は鋏をいれてそれを自分のものに作り替えた。

こんなこともあった。私に名前をつけてくれたのは祖母なのだが、ある時、「冬実という名前は、本当は冬實という字だった。それが新字にされてしまった。實の字であるべきなのに」と言いながら、紙に何度も「冬實」「冬實」と書いていたのだ。私はその字を見ながら、祖母の美意識において「實」を「実」とするのは許されないことだったのだな、と思った。

不安が強く、出した郵便が相手に届くか気を揉んだり、まれに出かける時にも駅の乗り換えが本当にできるのか極度に心配したりする。整理整頓ができず、周辺は散らかしっぱなし。夜中はずっと起きていて、朝は寝ている。歌の美しさと引き換えに、「常識的な家庭人」らしさは全て捨て去っているように見えた。記憶の中の祖母を呼び起こすと、追慕の情とともに、いつもひやりとした皮膚の感覚が蘇ってくるのは、そのような人だったためかもしれない。

祖母は私が高校にあがる頃から次第に体調を崩してゆき、やがて田園調布の病院に入院することになった。しばらく病院で療養していたが、一九八五（昭和六〇）年、私が高校二年生の九月に他界した。

入院する前の秋のことだった。大森の家を訪ねると、祖母はいつもの通りに食堂に座っていた。そのとき何を話していたのか、どうしてそのような流れになったのかはよく覚えていないのだが、祖母は急に応接間に置いてある『永遠のギリシア』の本を持ってきて、いずれこれを私に贈る、と言いだしたのだ。そしていつものペンで箱の上にさらさらと、本を私に与える旨を記した。

意外な成り行きに私は驚いてしまい、その字がよろけていたこと、冬実の「実」の字が「實」ではなく、「実」であったことには気づかなかった。本は応接間に置いておくように言われ、私は言われるままに戻しに行ったのだった。

それが大森の家での祖母の最後の記憶であり、私にとって最も大切な思い出である。今、しみじみとその時の祖母の姿を思い出し、祖母がこの世のものならざるものを視る歌人として、自らのいのちの終わりを視ていたのだろうか、と考える。そして、その最後のときにあたって、自らが愛したギリシアにまつわる本を他ならぬ私に与えてくれたことを、密かに誇りに思っている。

祖母の生い立ち

18歳の頃の葛原妙子

葛原妙子の生い立ち

「庶子」妙子

葛原妙子は一九〇七（明治四〇）年二月五日、現在の東京都文京区で生まれた。父、山村正雄は東京帝国大学出身の外科医、母、宮田津祢《つね》は湯島天神町の元芸妓であった。

後に津祢自身が雑誌『生活』の取材に答えた話によると、津祢はもともと深川佐賀町の大きな乾物問屋の娘であった。十代半ばで生家が没落したために湯島天神町の芸妓となったが、老舗の大店の娘として茶の湯、琴、三味線、生け花をはじめ多方面の教育を受けていたこともあり、次第に「文学芸者」として界隈にその名を知られるようになったという。[*1]

そこへ現れたのが正雄であった。当時の湯島天神町が、帝大生やその関係者の遊ぶ花街として有名だったこともあるだろう。書画を愛し、女流義太夫の豊竹呂若に師事して義太夫を学び、囲碁もたしなむという趣味人の正雄が、文学好きな津祢を気に入ったのも頷ける。やがて津祢は芸妓を廃業し、正雄との間に常正《つねまさ》（一九〇四）、妙子（一九〇七）、悦子（一九〇八）という三人の子を生んだ。

しかしながら、もと福井藩藩士、つまり士族の山村家で、しかも兄の死を機に戸主となった正雄が、一度でも花柳界に身を置いた津祢を正妻にすることは許されなかった。常正も妙子も悦子も、生まれて大分たってから、津祢の親族である宮田才次郎の孫として認知され、宮田家の戸籍に入れられている。後に正雄自身が三人を自分の戸籍に入れたのだが、あくまでも彼らは「庶子」という扱いだった。このことは当時公にされており、例えば一九二五（大正一四）年の『人事興信録』における「山村正雄」の項には、祖母のことが「庶子妙子（明治四〇、二生、生母、東京、宮田つね）」と書かれている。[*2]

庶子であったことが祖母の精神形成にどのような影響を与えたのか、正確なところはわからない。しかし祖母は、一九五八（昭和三三）年に日本ペンクラブ会員になる前、私の母に「自分はどうしても短歌界で一流にならなければならないし、どうしても日本ペンクラブに入らなければならない」と言い、母はその時、何か生まれにまつわるハンディを覆い隠そうとする焦りのようなものを感じたそうだ。祖母は有名になりたい、成功したいという願いを家族の前では隠さない人だったが、その根底には庶子という自らの生い立ちへのいらだちがあったことが推測できる。

生母との離別

祖母の妹、悦子誕生の後に津祢と正雄は別れ、祖母はひとり福井の伯父の家に預けられることになった。この伯父が祖母への仕送りを着服した上、祖母をいじめたという話は、私も子どもの頃によく聞かされた。

津祢と別れた正雄は三枝いくと結婚する。いくは日本女子大学校文学部の出身で、ボストンのエマーソン大学で「雄弁術」を学び、雑誌『婦人之友』に紹介されるような才媛であった。[*3] 一九一三（大正二）年、二人の間に娘の禮子《れい》が生まれる。祖母にとって、父の「嫡子」となる異母妹の誕生であった。正雄はその後、日本橋浜町に自らの病院を開業し、日本橋区医師会会長を経て東京府医師会副会長に就任するなど、医師として成功をおさめていく。それとともに、禮子はその令嬢として女性雑誌のグラビアにたびたび登場するようになった。[*4] 華やかな異母妹の写真を、祖母はどのような気持ちで見ていただろうか。姉妹の間が心安らかなものでなかったことは、後に祖母が正雄の葬儀の時に、

二十年の愛憎よりしぼる一語放つ異母妹《いもうと》とかたみに骨をひろひゐて　『橙黄』

という歌を詠んだことからも察せられる。

一方、津祢は湯島天神町に戻って芸者屋の女将となるとともに、『ホトトギス』の俳人、内藤鳴雪（一八四七〜一九二六）の教えを受け、女流俳人、宮田歌舟女《かしゅうじょ》としての一歩を踏み出した。津祢は後に室積徂春（一八八六〜一九五六）の主宰する

句誌『ゆく春』において活躍していくこととなる。さらに息子、政雄を得た。政雄は東京美術学校図案科で学び、卒業後は画家・デザイナーとして活動した。

祖母がこのきょうだいの存在を知っていたかどうかは定かではないが、ともかく津祢に対して複雑な心情を抱いていたことは間違いない。後に妹の悦子が津祢に会いに行ったことがあったが、祖母は頑なに行くことを拒んだと聞いている。なお、私の母も私も、津祢が俳人だったとだけ聞かされており、もと芸妓であったことを知ったのは祖母の死後であった。

結婚

福井から東京に戻った祖母は、一九一九（大正八）年に府立第一高等女学校に入学する。七年後に同校高等科国文科を卒業し、その翌年、千葉医科大学学生の葛原輝と結婚した。二十歳直前であった。

輝は祖母の兄である常正と第四高等学校の同窓生であり、祖母とは既知の間柄であった。輝が正雄に祖母との結婚を申し込んだ時、祖母は居心地の悪い実家を出たい一心でこれを承知したと思われる。その後大学を卒業した輝は九州帝国大学の赤岩八郎教授のもとで学び、医学博士号を得た。その資金と、東京に戻り、大森の地に外科病院を開業した資金は全て正雄の援助によるものであった。「祖父母が九州にいた五年間、正雄は当時の東京帝国大学総長の給与と同じくらいのお金を仕送りしていた」と私も聞いたことがある。祖父自身は、借りたお金は全て正雄に返したと話していたが、どのように返したのか、正確なところはわからない。

祖父母の間には葉子（一九二八）、弘美《ひろよし》（一九三四）、彩子（一九三六）、典子（一九四一）の一男三女が生まれたが、夫婦仲は良くなかった。性格が合わなかった上、そもそも祖母が祖父、輝のことを「自分に不釣り合いな相手」と見ていたことは確かである。私が聞いた話では、祖母は周囲に「兄の常正は、伊藤熹朔《きさく》や千田是也《せんだこれや》といった演劇関係者との交流をもっていた。兄はいつも、そういう人々と妙子を結婚させるべきだった、輝にやるのはもったいなかったと言っていた」ともらしていたらしい。[*5] 夫婦の間に険悪な空気が流れていたことは、後に長女葉子も自らの著書において述べている。[*6] そのような結婚生活を十二年ほど送ったのち、祖母は府立第一高等女学校高等科時代の恩師、四賀光子と、その夫である太田水穂のもとに入門し、短歌の勉強を始める。祖母が三十二歳の時であった。

後に祖母は『短歌研究』に寄せた「美しい老女」という文章の中で、

振返つてみれば、三十を過ぎて私が作歌を始めた事に就いては餘り口にしたくない精神的な一つのショックが機縁になつてゐる。そしてその事は人間と言ふものが血脈や夫婦の繫りの中ですら遂に孤りであることゝ、阿呆のやうに浪費された青春の口惜しさを教へた。[*7]

と書いている。「阿呆のやうに浪費された青春の口惜しさ」という表現から、結婚と子育て、仲の悪い夫との生活に明け暮れた自らの二十代への苦しい思いが伝わってくる。

やがて太平洋戦争が始まり、戦局の悪化とともに、祖母は軽井沢への疎開を余儀なくされた。そしてこの寒冷な地での厳しい生活を経て、本格的な歌人としての生涯を歩み出すことになるのである。

父母の死

太平洋戦争の終わった一九四五（昭和二〇）年の暮れ、祖母は罹災を免れた大森の家に戻った。そしてこの頃、人づてに母、津祢の死を知ったという。*8

父の正雄の方は、戦争中に日本医学博士会会長となり、当局に協力して様々な活動を行っていたことが新聞報道からうかがえる。しかし妻いくと不和であり、戦後は家族と離れ、大森の葛原家に寄寓しながら闘病生活を送った。私の母は、幼い頃、正雄が家の廊下を歩いている様を見たことがあるが、祖父と孫として親しく話をしたことはなく、そのような雰囲気でもなかったと言っていた。

正雄は一九四七（昭和二二）年六月に他界したが、その最期の様子は、祖母の「二人の老人―追憶から―」という文章によって知ることができる。一九四六（昭和二一）年、胃を病んだ師の太田水穂が葛原病院に検査入院をした時の思い出を綴ったものである。この時、同じ建物に正雄もおり、祖母にとっては「芸術の父と肉身の父」が数日間同居しつつも、遂に相見えなかったという出来事であった。
この文章において、祖母は正雄のことを、

（前略）重い胆囊炎の後であつて六尺近い瘦軀は影のやうに杖に縋り長い廊下を歩行してゐた。その癖気力丈は盛んでそれがこの老人を却つてみじめに見せる折さへあつた。（中略）（太田水穂が退院した後に）父は持病が再発して約半年の後に他界した。そしてその死は老いた身体に抗ふ壮んな精神の苦痛に充ちてゐた。残つた者にも極めて後味の悪い死に方であつた。今思ふさへ私は暗澹とする。*9

と述べている。頭が最期まではっきりとしていて苦痛の激しい死の場合、残された家族の胸に後々まで苦い思いが残ることがあるが、その心情を吐露するのは、普通はなかなか難しい。それを「後味の悪い死に方」と断じる祖母の筆致は冷淡であり、まるで観察記録のようで、実の父のことを書いているようにはとても見えない。生母との別れによって不幸な家庭環境に陥らされたという思いを拭えず、父に対する距離感が縮まることはなかったのだろう。

一九五〇（昭和二五）年、祖母は歌誌『潮音』に、

わが生母は俳人歌舟女史なり。遺稿をよむ

「わが思ふ方に飛びけり春の星」かゝる思慕あり亡父《ちち》よ知らざらむ[*10]

という歌を寄せている。津祢の俳句、

我が思ふ方にとびけり春の星[*11]

をもとに、「我が思ふ方」というのを、別れた正雄の方向と解したものだ。その上で、生母の思慕を知っていたのか、知らないだろう、と泉下の父に呼びかける。私にはこれは、母への思いももちろんあろうが、それよりは母を捨てた父への恨みが

まさっている歌のように思える。祖母は先述の文章「二人の老人―追憶から―」の中で、苦痛の激しかった正雄の死に比べ、師の太田水穂の死が眠るような大往生であったことを書いているが、祖母が両親のもとで最後まで得られなかった安らぎや幸福感を、師のもとで得ようとしていたことが伝わってきて切ない。

ところで、正雄の死から三十二年がたった一九八〇（昭和五五）年二月、それまで不明だった正雄の墓が鎌倉円覚寺の塔頭の一つに見つかるという出来事があった。祖母のもとで短歌を学ばれていた穴澤芳江氏が、祖母に頼まれて探しまわり、ついに発見してくださったのである。祖母は穴澤氏に連れられて一度だけ墓参に行き、その時のことを歌にしている。

ちちのみの白骨密かに居たまひし瑞鹿山《ずいろくざん》圓覺寺梅の寺なりき　『をがたま』

穴澤氏の回想によれば、祖母は墓に対して一礼もせず、「もう二度とききません」

と言ったという。[*12]

しかし、私は知っている。祖母が、墓が見つかった吉報を知らせる穴澤氏の手紙と、それに同封されていた正雄の墓の写真をずっと持ち続けていたということを。文箱に入れて放っておいただけともいえるが、捨てていなかった、というのもまた事実である。

後年、私はその写真を手に、円覚寺のその塔頭に正雄の墓を探しにいった。周辺をくまなく探索したが、墓は既になくなっていた。塔頭の玄関先で応対に当たってくださった美しい老婦人によれば、「山村さんのお墓は、私がお嫁に来ましたころはございました。たしかに覚えておりますが……山村家は後に離山されましたので……」とのことだった。

ああ、そうか。「離山」と言うのか。耳で聞いたのは初めての単語だったので、意味を解するのにわずかに時間がかかった。「リザン」ということばの響きが、まるでお鈴《りん》の美しい音色のように、不思議と心のうちに残ったことを覚えている。

二枚の写真

祖父母には息子が一人、娘が三人いた。長女の葉子と、長男の弘美については、最初の子、また跡取り息子ということで、祖母は厳しく教育したようだ。葉子がそうした祖母と葛藤を抱えたことは、自身で著書に記している。[*13] 弘美についても、祖母はガリ版刷りで自ら作った問題集を与えるなど、積極的に教育に携わっていた。

次女彩子の時には、三番目の子ということで祖母も少し力が抜けてきたのか、厳しすぎる教育という感じではなくなったらしい。ただ、娘やその学校生活には関心を寄せていた。

既に時効と考えられるので明らかにするが、戦後まもなく、彩子が通っていた大森の入新井《いりあらい》第三小学校（現在の大田区立山王小学校）で、新しい「運動会の歌」の歌詞を作るという宿題が出たことがあった。生徒たちの作品の中から、最も優れたものを採用して学校の歌にする、というプロジェクトである。祖母は彩子のために自ら歌詞を書き、彩子は自分の名前でそれを学校に提出した。祖母が書いた歌詞は見事に採用され、メロディーがつけられて歌となった。

伸ばせ腕《かいな》を　踏みしめよ足を
くろがねの胸　ぐっとそらせよ
秋草をわたる　朝のそよかぜ
今ぞ　我らの胸は高鳴る

歌詞が三番まであるこの「運動会の歌」は、「葛原彩子　作詞」として、今日まで楽譜が山王小学校で伝えられているのだが、実は祖母の作品なのであった。たまたま歌詞を作るという宿題だから引き受けたのか、それとも彩子の学業に関心があり、他にも手助けしていたのかはわからない。ただ、母の話によれば、彩子が成人してからも、祖母は就職だ、縁談だと何かと世話を焼いていたそうだ。実際、私も祖母の文箱の中に、祖母の手になる彩子の身上書が入っているのを見つけた。縁談用に送ろうとしていたのだろうか、便箋三枚にわたって、彩子と家族のことが細かな字で書かれている。彩子の結婚を強く願う気持ちが伝わってきて、初めてこれを見た時は、あまり知らなかった祖母の「母親としての顔」を覗いたような、少し不思議な気分になった。

これが私の母、三女典子となると、祖母は子育ての情熱を失っていたらしい。末の子だったということもあろうし、何よりも母の成長期が、祖母が歌人としての活動を本格化させた時期と重なっていたということがある。母によれば、作歌にうちこんでいた祖母は、幼い母のことをほったらかしにしていた。靴下や鉢巻など、必要なものも買い与えず、学校の運動会や卒業式にも行かなかった。母は、運動会の日には、親が見に来ている友人一家の莫蓙に座らせてもらい、自分で近所の寿司店に注文した海苔巻を食べていた、と言っていた。

祖母は母の保護者面談も面倒がって行かなかったが、さすがにまずいと思ったのか、息子の弘美を自分の代わりに行かせた。東京大学の学生だった弘美が「保護者」として来校した時、母の担任の先生はさぞや驚かれたことだろう。

大森の家には祖父母とその子供四人が暮らしていたが、「子供のころ、家族六人がそろっての夕餉の団らんなど、あまりなかった」と母が言うのも、親と温かい思い出が結びつきにくいせいなのかもしれない。


ただ、私は知っている。祖母の文箱に入っていた彩子の身上書だが、封筒の中には、当時二十七歳だった彩子の写真だけでなく、二十三歳の母の写真も入っていたのだ。彩子の縁談だが、あわよくば典子も、と思ったのだろうか。祖母は密かに母の縁談のことも考えていたのかもしれない。

母は祖母のことを「歌人九割、家人一割」と評していたが[*14]、たった一割にせよ、その一割の部分はたしかにあったのだ。封筒の中の二枚の白黒写真を見ると、そんな風にも思えてくる。どちらも大森の家で撮影されたものだ。廊下のステンドグラスの前で、犬を抱く彩子と、門のところで微笑むワンピース姿の若き母。母の隣には、紫陽花の花がひとつ、美しく咲いていた。

軽井沢のこと

軽井沢聖パウロカトリック教会の前にて（撮影年不明）
写真提供：軽井沢高原文庫

軽井沢のこと

祖母が軽井沢に夏の家を建てたのは一九四一（昭和一六）年のことである。はじめ貸別荘に滞在し、星野の地が気に入った、という経緯だったらしい。一九四四（昭和一九）年からは三人の幼い子どもたちを連れ、その山荘で疎開生活を送った。祖母にとってこの時期は、歌人としての揺籃期であった。美しくも時に厳しい軽井沢の自然や、そこでの生活や経験から、作歌の原動力を得たのである。それは、祖母の第一歌集『橙黄』が、浅間山の歌で始まることからもわかる。

昭和十九年秋、單身三兒を伴ひ淺間山麓沓掛に疎開、防寒、食料に全く自信なし

草枯るる秋高原のしづけさに火を噴く山のひとつ立ちたる

戦後、東京で歌人として本格的に活動するようになってからも、祖母は健康が許す限り、夏を軽井沢で過ごし続けた。冷涼な気候と豊かな森のみどり。東京から離れ、しばし自由な空気が吸える家。当時の軽井沢に多数の作家が滞在し、文化的な雰囲気が醸し出されていたことも大きい。祖母はこれらを存分に味わい、多くの歌を詠んだ。祖母にとって、軽井沢はただの避暑地を超えた、歌の魂が養われる場であったのだ。

私が記憶しているのは、その最後の数年間のことである。

山荘は浅間山へとのぼる国道左側の小高い丘の上にあった。もともと祖母が建てた家は平屋だったが、おそらく一九七〇（昭和四五）年前後に二階部分を建て増し

て以来、祖母はいつもそこで過ごしていた。

二階は台所と小さなお手洗い、広いリビング・ダイニングと、二つの和室から成るスペースだった。白い壁にはヨーロッパの街並みを描いた壁掛けや、タイ製の天女の切り絵が飾られ、どことなく外国にいるような気分にもなれる。三方に大きく窓をとり、晴れた日には遠くに八ヶ岳が見える上、涼しい風が吹き抜ける。気持ちの良い空間だった。

私たち家族や、伯父・伯母の家族が集まる時は、みな一階部分に寝泊まりし、日中を二階で祖父母とともに過ごした。子どもだった私には、一階の古い家の作りも面白かったし、二階に上がってサイドボードや物入れを開け、中を見るのも毎夏の楽しみだった。

缶詰がたくさん置かれていたのを覚えている。母の話によると、祖母は毎夏、大量の缶詰を東京から送らせていたらしい。私が生まれる前だが、伯父の大学の同級生が遊びに来た時、祖母はその備蓄からみかんの缶詰を取り出し、中身を開けることなく一つまるごとぽんと彼に渡し、彼があっけにとられた、ということがあったそうである。

祖母は徹夜の作歌作業のせいか、昼近くに起きてきて、私たちと一緒に食事をし、その後は和室で文机に向かったり、リビングで皆と話をしたりする。

若い頃は歌人の五島美代子氏らと鬼押出しに遊びに、あるいは旧軽井沢まで歩いて中華料理を食べに行くなど、出かけることも多かったようだ。従姉も、「おばあちゃんと一緒に近隣のセゾン美術館の方まで散歩した」と言っていた。

しかし、私の記憶している晩年の祖母は、外出にそれほど積極的ではなかったように思う。そもそも、一階に降りる階段が急で狭く、大柄な祖母にとっては昇降が苦痛だったろう。山荘には浴室がなく、祖母は一夏に何度か塩壺温泉に行くが、それすら簡単ではなかった。ご近所の作家、芹沢光治良氏へのお届け物も、自分は行かず、母と私にさせていた。

ただ、二階にいたとしても、それでも軽井沢の夏は祖母にとって大切な時間だったろう。窓から見える豊かな自然に心慰む時もあったろうし、何といっても祖母は家族との会話から歌のヒントを得る人だったので、大人数がいつも周りにいて、誰かしらと喋っていることで、東京にいるのとはまた違ったインスピレーションを得ていたに違いない。

来客もあった。詩人の高橋睦郎氏がいらしていたことを覚えている。そもそも祖母の別荘には、児童文学者の伯母、猪熊葉子の関係もあって、私が生まれる前には美智子皇太子妃もお越しになったり、また川端康成をはじめ文人が集って文学談義の会が開かれたりしたこともあったらしい。母はお手洗いで川端康成に鉢合わせしたと言っていた。その話を聞かされて、子ども心にも、うちの一階のお手洗いは川端康成が使ったんだな、と何となく誇らしく思えたのだった。

夏休みで、別荘にいるという解放感もあり、私は祖母に対して、東京にいる時ほど身構えず、色々と喋った。マンガの『サザエさん』だったろうか、何か本のページを開いて、「門松は冥土の旅の一里塚」と書いてあるのを見せながら、「ねえ、これっていい句なの?」と聞いたのを覚えている。祖母は言下に「あまり良くない」

と言い、私は「これは良くないのか」と思って少しひやりとした。

祖母と伯父と私の三人で、「どの漢字が一番きれいか」という話をしたこともあった。祖母の言葉は忘れてしまったが、伯父が「僕は葡萄という漢字が好きですねえ」と言った時、祖母が静かに微笑していたことだけは、鮮明に記憶している。

豪雨に見舞われ、大きな雷が鳴った時、祖母と身を寄せ合って通り過ぎるのを待ったこともあった。祖母が不安なのが伝わってきて、奇妙なことにかえって落ち着く感があった。自分も祖母も同じように怖いのが、どこか気持ちが通じるようで、ちょっぴり嬉しかったのかもしれない。

夜には一階で花火をした。東京より闇が深くて、炎が信じられないほど美しかった。祖母は二階の窓を開け、顔を出してそれを眺めていることもあった。

祖母が亡くなった後も、山荘は親族の誰かしらが使っていたが、やがて祖父も亡くなり、伯父の勤務先の大学に寄付され、建て替えられることになった。その直前の二〇〇〇(平成一二)年二月、夫と片付けに行き、残されていた祖母の本や色紙、十字架をまとめて伯父に送ったのが、私の最後の滞在となった。

鍵をかけ、出発した。国道の方に向かいながら、あの夏の日々、あの二階にいた祖母の姿を思い出し、何度も何度も振り返った。あたりにはうっすらと雪が積もっていた。私はそれに気づき、雪に包まれた山荘を見るのは、そういえば初めてだな、と思った。

眩しき金

さびしもよわれはもみゆる山川に眩しき金《きん》を埋めざりしや　『巽本　橙黄』

祖母が軽井沢での疎開中に恋をしていた、ということは、祖母の死後に知った。祖母のもとで短歌を学ばれていた穴澤芳江氏と昼食をとっていた時、その話が出たのだった。穴澤氏自身も後にそのエピソードを著書で紹介されており、今ではよく知られた話のようだが、はじめて知った時にはとても驚いた。祖母の随筆の中の、

硝子戸を立て切ると目の下の十二月はじめの沢には大きな正午の日溜がみえ

た。草は枯れ、木の葉は吹き寄せられていた。

頭がふつうではなくなったニーチェが或る時妹にむかい、「わたしは立派な本を書かなかっただろうか」と問うたという、それとは違い、私はいましかな頭でこの山家を去ろうとして「この山川に眩しい金《きん》を埋めなかっただろうか」とみずからに呟いたのである。*15

という文章は既に読んでいたが、まさかその「眩しい金」が祖母の恋情のことだとは露ほども思わなかったのだ。

相手は戦争中、千ヶ滝地区音楽堂に疎開していた海軍技術研究所の将校だったという。

それを知ってから、祖母の第一歌集の冒頭歌「草枯るる秋高原のしづけさに火を噴く山のひとつ立ちたる」を読んだ時、この「火を噴く山」は祖母自身かもしれない、と思った。もちろん、当時の浅間山が噴火活動中だったということもあるが、心に強い恋情がきざす時、自らと山や空、あらゆる自然が一体化するような感覚を覚えるのは、ままあるからだ。

恋心ひとつ胸に、火を噴く山となって高原に立つ祖母。しかし敗戦とともに別れの時が来た。将校は去り、山は山に、祖母は祖母に戻ったのだと。

喪のいろのたぐひとおもふもんぺ穿き山の華麗に向はむとする　『異本　橙黄』

穴澤氏は、後にその人の家を突き止めたにもかかわらず、祖母は会いには行かなかった、ともおっしゃっていた。

ところで、一九七七（昭和五二）年に大修館書店から発売されたカセット集『現代歌人朗読集成』にて、祖母は自作の短歌十三首の朗読を行っている。「鬱金《うっこん》　国敗れて山、紅葉せる日に」というタイトルのもと、詠唱された最初の二つの歌が、「喪のいろの」と「さびしもよ」であった。

他の現代歌人たちの朗読とは明らかに違う、胸の奥からふりしぼるような独特の声づかい。マイクに向かいながら、祖母は軽井沢の山川に埋めた眩しき金のことを思い出したのだろうか。そして、それを埋めなかっただろうか、とひとり呟いた日のことを。

朱と咲きいでよ

1970年代初頭の葛原妙子

ふたつの雛

ここ十年ほど続けている年中行事が、立春前の大掃除だ。一月末から家の中を、天井から床まで拭き清め、きれいになった所で立春を迎え、雛人形を飾る。雛人形のかつての持ち主であった祖母、葛原妙子の誕生日がちょうどその頃（二月五日）なので、それに合わせて、ということでもある。

クローゼットの上段から、大きな古い木箱を四つ下ろす。それぞれに、内裏雛、三人官女、五人囃子、仕丁が納められている。随身はいない。何しろ百年ちかく前に作られたものなので、蓋はギシギシいって、開けるのも一苦労だ。薄葉紙にくるまれて眠っている人形たちを、一つ一つ、一年ぶりに起こしてゆくのは楽しい。

この雛人形を、なぜ祖母が自分のものと言っていたのか、よくわからない。正確にはこれは、一九二八（昭和三）年に生まれた私の伯母のために、私の曾祖父が買ったものだからだ。ただ、なぜか祖母はこの人形を「私の雛」と呼び、周囲もなぜか「おばあちゃんのおひなさま」と言っていた。

その数奇な運命については、祖母が新聞に二度にわたって文章を書いている。これらは後に二つのエッセイにまとめられ、祖母の随筆集『孤宴《ひとりうたげ》』に掲載された。[*16]

戦争中、祖母はこの雛人形を、疎開先である中軽井沢の菓子店店主、Iさんに預かっていただいたのだが、戦争が終わってからもそれを引き取りに行かず、そのままにしていた。普通は考えられないことだが、あの祖母ならさもありなんという感じがする。歌以外のことは面倒くさがる人だったからだ。祖母の第八歌集『鷹の井戸』には、失われた雛人形について詠んだ歌がある。

女《め》の雛《ひひな》ほろびにけりな雲ながれ雲のしりへに瓔珞流る

一九七七（昭和五二）年、祖母は雛への思いを新聞に寄稿し、幸運なことにそれを読んだIさんのお嬢さんから連絡をいただくことができた。祖母は伯父とともに雛人形を引き取りに行き、数十年ぶりに対面を果たした、という顚末であった。

その時のことは何となく覚えている。「おひなさまが見つかったのよ」と母が少しうわずった声で言っていて、何か失われたものが蘇ったということはわかった。スチール製の雛壇、緋毛氈や雛道具が急ぎ買い込まれ、大森の祖父母の家の応接間に大きな段飾りがしつらえられた。花もたくさん生けられ、いつもは暗く寒い部屋が急に明るく華やいだ雰囲気になったのだった。

ただ、子ども心にも、雛人形の古さと、新しく整えられた道具類が釣り合っていないのが印象に残った。段飾りは豪華だなあとは思ったものの、どこかちぐはぐな印象が拭いきれなかった。それは祖母自身が醸し出すちぐはぐな感じとも、何かしら響き合うものだったかもしれない。何しろ歳を取っているはずなのに子どものようにわがままだし、言い出したら聞かないし、おばあちゃんなのに、ちっともおばあちゃんらしくない、と幼い私は祖母のことを思っていたからだ。

祖母が亡くなった後、人形は伯母の家に運ばれ、その伯母から十九年前に私が譲り受けたのだが、道具類は遠慮して、人形だけを貰うことにした。

こうして「おばあちゃんのおひなさま」は私のものになった。


いま私が住んでいる家は狭いので、雛人形を飾るのにあまり大きなスペースはない。夫に手伝ってもらってリビングに板きれで簡単な雛壇を作り、緋毛氈をしき、ごく小さな四段飾りをしつらえる。

人形は古今雛の系譜を引くと思われる小さなものだが、作りは精巧で美しい。外科医として成功した曾祖父が、銀座の松屋百貨店で買い求めたものと聞いている。

七宝唐花文を織り出した朱地の金襴を纏い、豪華な天冠を被っている女雛の隣に、窠《か》に霰《あられ》文様の白い袴に紫紺色の袍を着た男雛を置く。顔は享保雛ふうでもあり、すこし口が開いている。雛道具もなく、三人官女の加銚子《くわえのちょうし》や五人囃子の大鼓などもなくなってしまったが、十三体全て飾るとそれなりに華やかな感じにはなる。二月から三月にかけての戸外がまだ寒い時期に、家の中にこうして彩りを増やし、一足先に春の訪れを祝うのはよいものだと、毎年思う。

ところで、箱から雛人形を取り出す作業はこれで終わりではない。実は私にはもう一つ、飾る人形があるのだ。他ならぬ私自身のために、父方の祖父母が買ってくれたものである。

こちらは木目込みの立ち雛である。松毬《まつかさ》文様の赤い衣装の女雛と、幸菱《さいわいびし》文様の青い衣装の男雛。親王二体きりで女雛には手もなく、道具も何もないことから、幼い頃は「つまらないなあ」と思っていた。友人の家で五段飾りや七段飾りを見るたびに、なぜ自分にはこういうお雛様が買ってもらえなかったのだろうと、少し恨めしい気持ちにもなっていた。

しかし後年、父方の祖母、勝畑愛子《かつはたあいこ》と話していた時、愛子がぽつんと「あんな安いお雛様で本当にごめんなさいね……あの時おじいちゃんにはどうしてもお金がなくてね……」と言ったことがあり、その時に何となく事情がわかった気がした。父方の祖父母が、私の初節句のために、手元不如意のなかで買ってくれた雛人形であったことを。そしてそれはおそらく、ともかく自分たちが買うという、二人の気持ちによるものだったのだろうということを。

私の両親は二人とも東京出身である。しかし、二人の結婚は、同じ東京といっても文化が全く違う二つの家の縁組だった。母は大森の外科病院の三女であり、一方の父は職業としては会社員であったが、もともと東京神田の老舗の鮮魚店「かね十」の次男であった。母の家はどちらかといえば西洋趣味で、母も母の二人の姉も聖心女子大学に通い、キリスト教やその文化になじみが深かったのに対し、父の家は下町文化であり、祖父母の習い事は小唄と三味線、叔父は相撲部屋をひいきにし……という風に、江戸の香りに包まれていた。

毎年お正月になると、一月一日は大森の母の実家に、二日は神田の父の実家にそれぞれの親族が集まるのだが、あまりにも雰囲気が違いすぎて目眩がするほどだった。テーブルを囲んで比較的静かに話をする大森の家に対して、神田の新年会は、人数も多く賑やか。宴もたけなわになると、祖父をはじめ、みなが一人ずつ芸を披露するのである。祖父、勝畑武《たけし》はハンサムな人で、ほろ酔い加減で「私の商売魚やでござい……鯵に平目に……」と都々逸を歌うのはとても粋だった。祖父母の結婚は、祖父が祖母を見そめて、という話ではあったが、祖母もまた祖父のことを心から愛し、かいがいしく仕えていたのが印象的だった。私自身は皆の前で歌を歌うのが苦手だったので、静かな大森のお正月の方が精神的に楽だったが、それでも神田の集まりが、伝統的な下町の人情あふれる貴重な場であることは理解していたし、どちらも同じように大切に思っていた。

私が二歳の頃だっただろうか、母方の祖母が父方の祖父母のもとで半月ほど療養する、という椿事があった。

母の話によれば、その頃、葛原妙子は歌集『朱靈』が読売文学賞の候補となったことを受け、その受賞を願って奔走し、精力的に文壇の各方面への働きかけを行っていたが、これは心労がつのることだったのだろう、日本橋三越での買い物中に体調を崩し、突如倒れたのである。

日本橋に近いということで、急遽かつぎこまれたのが、神田の家であった。当時は木造の二階建てで、一階部分に魚屋の店舗があり、二階部分に祖父母の居住スペースがあった。家業をついでいた父方の叔父が妙子を担いで二階まで上がったのだが、この時の妙子の重さは後々まで語り草で、叔父はよく「俺も魚屋として、重い魚は色々と担いできたが、あの人はそれまで担いだどんなマグロより重かった」と言っていた。

妙子はその日からしばらく神田で療養し、愛子がその間の世話をした。心やさしい愛子らしい、手厚い看護だったという。高等小学校卒業後に新潟から上京し、それからは魚屋の妻として生きてきた愛子にとって、府立第一高等女学校高等科卒業で、歌人でもある妙子はそれだけで「雲の上の人」だった、ということもある。愛子は自分のアルバムに、妙子の歌の収められた『現代短歌大系』第七巻の新聞広告を、丁寧に貼り付けていた。また、戦前に妙子の父が院長をしていた日本橋浜町の山村病院が、神田界隈で有名であったことや、妙子の長女葉子が、美智子皇太子妃の知遇を得ていたことも、愛子にとって妙子を「恐れ多い人」にしていた。愛子はいつも私に「葛原のお母さん（妙子のこと）にお会いする時は、本当に緊張してねえ」と言っていた。

実は妙子は料理上手な愛子のことをとても尊敬していたのだが、そのような気持ちを愛子はきっと知らなかっただろう。妙子は愛子の配慮で、二階の床の間のある一番良い部屋に、分厚い布団を二枚重ねた上に寝かされた。じっと横たわる大柄な妙子を、小柄な愛子がまめまめしく世話している様が目に浮かぶ。

一方、祖父たちはというと、近所の寿司屋のカウンターにふたり並び、盃を交わしていたのだった。

妙子の療養中、夫の葛原輝は、大森から神田に通って様子を見に来ていたのだが、私の伯父の話によると、そのような時、勝畑武はきまって輝を誘い、寿司屋に一杯やりにいっていたという。高等小学校卒業後、ずっと魚屋として働いてきた武が、九州帝国大学出身で医学博士の輝と一体どのような話をしたのかはわからない。輝は落語が好きだったので、あるいはそのような話題だったかもしれない。輝は武との時間をとても楽しんでおり、一緒に落語を聞きに行ったこともあったそうだ。

こうして母方の祖父母は、父方の祖父母によって救われたのだった。愛子のあたたかな人柄と武の下町気質を、妙子と輝は感じたことだろう。困っている人がいたら手を差し伸べる気風の良さや、相手をもてなし楽しませる気遣い、そして、江戸の伝統文化を受け継いでいるという誇りと矜持が、父の実家にはあったのである。

神田で療養したいというのは、案外妙子の願いだった可能性もある。幼い頃から肉親の愛情に恵まれなかった妙子にとって、「かね十」の人々の人情のもとで暮らすのは、心安らぐことだったろう。魚屋の二階で人の出入りも多く、部屋も、壺やら皿やらが色々と飾られた下町風の作りだったが、だからこそ落ち着く、という気持ちがわいたとしても、不思議ではない。

武は一九八九（平成元）年に、愛子は二〇〇四（平成一六）年に他界した。

段飾りの横、リビングのローボードの上に二体の立ち雛をそっと置きながら、亡き二人の姿を思い出す。

家族の祝い事や行事を大切にする祖父母だった。孫の初節句のために、段飾りでなくとも何か雛人形を買ってやりたいと思ってくれたのだろう。葛原家ではなく自分たち勝畑家が買う、という思いがあったのかもしれない。子どもの頃はあまり好きになれなかった人形だったが、今はもう、買ってもらえたことだけでも、この上なくありがたい。

戦争を乗り越え、疎開先から戻ってきた祖母の雛人形も、私のために父方の祖父母が買ってくれた雛人形も、どちらも私にとって本当に大切な、貴重な品である。ふたつの雛を飾りながら、今は亡き四人の祖父母のことを、そして彼らが暮らしていた、失われた神田と大森の二つの家のことを、静かに思い出す。

朱と咲きいでよ

大森の家で、祖母はたいてい食堂で仕事をしていた。長方形の大きなテーブル。その周りに、背もたれのない椅子がいくつか置いてあり、その一つに座ってあれこれと作業をする。

書斎がないわけではなかった。食堂と廊下を挟んだ反対側には、大きな書架と勉強机を備えた祖母の部屋がちゃんとあったのに、そちらにこもっていた姿をあまり覚えていない。食堂の方が明るく暖かいので、居心地が良かったのだろうか。

食堂のテーブルは食卓でもあるので、当然ほかの家族が食事をしたり、お茶を飲んだりもする。でも祖母は気にもせず、ひたすら紙に向かっている。その集中力たるや、すさまじいものがあった。たとえば母と伯母が同じテーブルで祖母の悪口を言っていても、全く意に介さなかった。母が若い頃の話だが、隣の部屋で体調を崩した母が嘔吐していても、作歌に没頭していた祖母は様子を見に来るどころか、声一つかけなかったという。母は這うようにして、病院にいた祖父に助けを求めたと言っていた。具合が悪い娘にとって、隣の部屋にいる母親が気遣ってくれなかったという思い出は、心の傷ともなる出来事だったろうと、今は思う。

祖母は随筆「アカシヤの花」の中で、

人が己の開花に生命をかけて悔いない情熱を持つて生れついてゐる場合、その周圍の者がそれを生かす爲に少からぬ犠牲を蒙ることは間々あり得る。併しそれらの犠牲の强要はそれにふさはしい秀れた「創造性《オリジナリテイ》」を持つた天才だけにゆるされてよい。*17

と述べている。祖母は歌人人生において、

「歌とはさらにさらに美しくあるべきではないのか」

「随所に朱となれ」

「あたりかまわず朱と咲きいでよ」

と自らを鼓舞し、脇目もふらず作歌に没頭した人だったが、祖母が朱と咲きいでるその周囲に、もしかすると誰かの心の血が流れてはいなかっただろうか。祖母の思い出の中に、時として錆を含んだ鉄のような味わいがあるのは、きっとそのためだろうと思うのだ。

かけす

実家で見つけた母のアルバムの中に「一九六二年お正月」というページがあった。大森の家の食堂で四人の若い男性が談笑している数枚の写真が貼ってある。うち一人は冗談めかして祖母に抱きついており、祖母もまんざらではない様子で笑っている。祖母が五十四歳の時のスナップだ。

母の話によると、弘美伯父の麻布中学時代の同級生たちが、しょっちゅう大森の家を訪ねてきていたらしいので、写真の男性たちはきっと彼らだろう。どうも、祖母は若い男性たちに人気があったようなのだ。

伯父の友人たちが訪ねてくるのは、いつも祖母と話すためだった。数人で来ることも、一人で来ることもあったという。十代から二十代の男性たちが、母親くらいの年齢の女性と話すためにわざわざ家に来るには、会話がよほど知的で面白くなくてはならない。伯父は理系だったので、友人たちも多くは理系だった。彼らの興味関心をかきたててやまぬ何かが、祖母との会話に見いだされたのだろう。

祖母の随筆「かけす」にも、祖父の恩師の子息が立山連峰縦走の帰りに、ふらりと軽井沢の山荘に遊びに来た様子が綴られている。*18 彼は東京大学理学部数学科から九州大学医学部へ入り医師となったという、異色の経歴の持ち主であった。大森の家にも入り浸っており、母は幼い頃ずいぶんと一緒に遊んでもらったらしい。

随筆は、その青年、赤岩道夫が、雑誌を手に祖母の歌についてひとりごちるところから始まる。青年に自分の歌をさらりと分析され、驚きと小さな不快を覚えた祖母は、歌集の中からわかりにくそうな歌をマークして、「解る?」という意地悪な目つきをしてみせた。すると彼はたちどころに歌を解釈し、祖母をして頷かせる。祖母は青年の明察を認める。しかしながら、その明察、その鋭すぎる頭の働きが、時として人生や芸術の真実を見誤る危うさを、祖母は思うのだった。窓を開け放った部屋に、一羽のかけすがだしぬけに入り、突き抜けていった。

この随筆「かけす」は、二人の天才の無言のつばぜりあい、口にすべきこととすべきでないことのぎりぎりの境界線を見ているようで、祖母の数ある文章の中でも特に私が面白いと思うものだ。それはさておき、こんな風に頭脳明晰な若い男性たちにさかんに訪われ、彼らと知的な会話を愉しみ、おそらくそこからも貪欲に吸収する五十代の祖母を見てみたかった。それはきっと祖母にとって、祖父との間には決して期待できない、豊かで心浮き立つ時間だったことだろう。

不思議な魅力で若い男性たちを惹きつけた祖母。そういえば、軽井沢の山荘には、毎年、美しい文字で宛名書きされた寺山修司からの手紙が届いていたそうである。

酒瓶の花

炎畫のくらがりにつめたき酒瓶ありむらがる花のしろきかほあり[*19]

祖母は「女流歌人」というジャンルに入れられる人ではあったのだが、果たしてその「女流」とは何を意味するのだろう、と時折考えることがある。それは何というか、物事の進め方が大胆で、世間でよく言われるところの「女らしさ」とはかけ離れたところがあったからだ。

私が物心ついた時、祖母は既に洋服を着ていたが、その前は和服姿であった。その着物への対し方があらあらしい。帯でも何でも惜しげもなく鋏で切り刻み、ざくざく縫って自分の着やすいように作り替えていたという。和裁や洋裁が得意というのでは全くなく、とにかく思いつきで工夫するのである。そうやって加工した帯を見たことがあるが、お世辞にも丁寧な縫いとは言いがたいものであった。自分が着やすければそれでいい、という感じだったのだろう。

「雑誌の取材で、うちで生け花を撮影したことがあったのだけれど、おばあちゃんは花瓶ではなくてお酒の空き瓶を使ったのよ」という母の証言をもとに、記事を探してみた。一九五五（昭和三〇）年の『主婦の友』七月号の「女流歌人の『私の生花』」という記事だった。[*20] 三人の女流歌人がそれぞれ生け花を披露する、という内容なのだが、祖母が他の二人とあまりに違うので、思わず笑ってしまった。

祖母以外の二人は、それぞれ美しい壺に季節の花を数種類あしらったもの。いかにも女性の手になる花生け、という風情である。コメントも、三国玲子のものは、

私は花を生けていると、何かほの〴〵とした幸せを覚えます。私の気持を、

　何もかも知つていてくれるような気がして――。（後略）

とあり、五島美代子も、

　私は、花は一ぱい挿すのが好き。これも夏草の繁みに咲いた百合――といつた感じに、大好きな白百合を主に、月見草やちがや、その他いろ〳〵の青い物を取り合せて、佐佐木信綱先生より頂いた、愛用の壺に入れてみました。

と優しくやわらかい。「女流歌人の生花」という企画の趣旨を充分に理解した上での、配慮に満ちた内容である。

　ところが祖母のだけは全く違う。取手付きの酒瓶の胴体部分にデイジーを数輪はりつけた、先述の二人と比べると何だか前衛芸術のような、ちょっと異様な趣なのである。コメントも、

> 花と花、花と器との取合せによってかもし出される、その一ときの美しさに、私は何ともいえない楽しさを味わいます。ですから私は、花ばかりか、野菜、果物、玉子まで動員して取り合せてみたりします。
> 深いるり色の洋酒瓶に白いデイジーを九輪ほどくゝりつけたもの——これは鮮明な夏の朝の私の即興花です。

というもので、何やら宣言めいている。花を「生ける」のではなく「くくりつける」というのがいかにも祖母らしい。『主婦の友』の編集者もこれにはさぞかし面食らったのではないか。想像すると不謹慎だが、何だかおかしくなってしまうのだ。

後に祖母は、『週刊サンケイ』の「今週のひとこと」コーナーにおいて、「男性の中に女性的な者が棲み、女性の中に男性的な者が棲む」と述べている[*21]。これが祖母の言葉として雑誌に掲載された経緯は不明だが、たしかに祖母は、肉体は女性でも、いわゆる「女らしさ」の枠組には到底おさまらないところがある人だった。そしてその大胆さは、時として祖母の人となりに、ある種の滑稽さを添えたのだった。

多摩のみづうみ

祖母には直情径行なところがあった。

何かの折に訪れた多摩湖（村山貯水池）の景色を、たいそう気に入ってしまった祖母は、すぐに近くの土地を買った。そして、そこに家を建てて住む、と言い出した。母や伯母たちが、そんな遠いところに住んでどうするの、誰も面倒を見られないでしょう、と諭しても聞かない。「自分には弟子がいる、弟子が来て世話をするからいいんです！」の一点ばり。何を馬鹿なことを、と母たちも半ばあきれ顔だったらしい。

この話は、歌人で建築家の近藤芳美氏が書かれた祖母の追悼文にも登場する。一九七八（昭和五三）年のこと、祖母は誰かから、大森の家は周囲が民家に囲まれているため、地震が来たら危ない、と聞かされた。不安になり、祖父に転居を提案したが、一蹴されてしまう。そこで自分だけでも安全な家を建てて住みたい、土地も資金もあるから、と近藤氏に相談したというのである。信頼あってのことではあろうが、突然こんな話をもちかけられ、近藤氏もさぞ戸惑われたのではないかと思う。

それだけではない。近藤氏によれば、

狭山丘陵の、どこかの貯水池の近くに土地を持っておられた。そこに、地震に強い家を建てたいという。（中略）
思いついたらそれをよしとする人であり、言い出したら聞かない人である。周囲の、多分お弟子さんであろう人々が心配し、何とか新しい家を建てさせないようにして欲しいと内々に、しきりにわたしにいって来られた。[*22]

とのことで、「お弟子さん」の方々も困っておられたのだ。人の気持ちなど考えず突き進む祖母と、それに当惑する周囲の人々の姿が目に浮かぶようだ。

家を建てるというアイディアを、祖母はかなり長い間にわたって言い続けていたが、そうこうしているうちに体調を崩すことが多くなり、実現不可能と悟ったのだろう。やがて計画はうやむやになり、いつのまにか立ち消えとなった。土地はといえば、祖母の死後、祖父がさっさと売却してしまった。

二〇二三（令和五）年四月、新緑の多摩湖を訪れてみた。

雲一つない晴天のもと、初めて見た多摩湖は、息をのむ美しさであった。想像していたより大きな湖だった。岸辺近くに、クラシカルな取水塔が二つ。うち一つは大正時代のもので、ネオ・ルネサンス様式を取り入れたという、円筒形の煉瓦造り。青いドーム状の屋根が、何となくニコライ堂を思い出させる。

東京都の水源池であるため、日本の湖にありがちな店舗や土産物店は一切ない。

もちろんボートもない。水と、空と、はるかに見える秩父連山。祖母はこの景色を見て、ヨーロッパの湖を思い浮かべたかもしれない。

周囲の森も素晴らしい。意外にもちょっとした高低があり、野鳥のさえずりを聞きながら木々の間を散策すれば、まるで初夏の軽井沢にいるような気持ちになれるのだ。


湖の水をせき止める堤体の上を歩いてみた。

ひと足ごとに、心がしずまってゆく。四月の日曜日なのに、と思うほどの人の少なさに加え、誰の話す声も、澄んだ空気の中に吸い込まれてしまい、ひどく静かなのだ。この静けさなら、自己の内面に深く降りていき、思索にふけることも可能だろう。

堤体からは近隣の住宅地もよく見える。びっしりと家が建ち並んでいるそのどこかに、かつて祖母が買った土地があったのだ。どのあたりだろう、と思った。祖母が家を建てたなら、どんな家になっただろう。建築好きな祖母のことだから、きっと洒落た家に違いない。壁には小さなステンドグラスが、はめこまれていたかもしれない。

午後おそく、その家の窓をそっと開ける祖母。ひとり飽きずに湖面を見つめる姿が、ふと心に浮かんだ。そして、そうやって過ごす静かな休日を、祖母は手に入れても良かったかもしれない、と思った。何ということか、知らずのうちに、私自身がすっかり、この地に魅せられてしまっていたのだ。

祖母のように即断で土地を買うことはできない、でもまた必ず来よう、今度は紅葉の季節に。そう心に決め、湖を後に駅へと向かい、歩きだした。


まぼろしのごときひと日に多摩ごほり多摩のみづうみの水位のぼりぬ

『鷹の井戸』

栗の木はさびしきときに

祖母の第八歌集『鷹の井戸』に、三つの歌が並んでいる。

一少女膝に抱きてみえゐるは栗谷・栗丘・栗の月光
月差さば先づ爪を切れ　爪切るを遂き眠りの約束として
栗の木はさびしきときに生ひいでて相模古墳の臺地を掩ひぬ

「一少女」というのは、実は私のことである。歌の前に「この家の少女靈名アンドレア、八歳」と名も記してあり、それは確かだ。そして三つ目の歌の「相模古墳」というのは、当時私の家の近所にあった「稲荷前古墳群」のことだ。一九七〇年代半ば、両親は横浜市の新興住宅地にあった家を建て替え、その新居に祖母が遊びに来たのだった。確か泊まったこともあったと記憶している。祖母は滞在中の出来事をもとにいくつか歌を作り、「相模古墳」の歌については手ずから色紙も書いて両親に贈った。それは長らく家の床の間に飾られていたのだが、少女時代の私には、読んでも何が「さびしきとき」なのか、よくわからなかった。目にするたびに、何とも言えない不思議な気持ちに包まれたその色紙を、それから半世紀近くたった今、私が保管している。

両親が家を建てたのは私鉄が開通して十年ほどの、まだ造成中の住宅地だった。佐藤春夫の『田園の憂鬱』の舞台にも近いとあって、初めのうちは、少し歩けばまだ田畑や雑木林が残っていた。春にはつくしや野蒜《のびる》を採り、夏には蛍を見て、秋には栗拾いもできたが、やがてそのような場所にもブルドーザーが入り、全て宅地化された。

開発中に発見されたのが二十基ちかい古墳である。当時は保存を求める声もあったようだが、ほとんどは潰され、南端に並んだ三つの古墳だけが、県指定史跡「稲荷前古墳群」として残された。

家から歩いて二、三分の場所だったので、私はここによく登った。丸みを帯びた、どこか優美な形の丘。頂上に至ると空が近くなって良い気分になれる。一人で古墳の上に立ち、風に吹かれて下界を見渡しながら、いにしえに思いを馳せる。言葉にはならなくとも、千数百年前の人びとの死が、絶えず心に触れてくる環境だった。それはすでに水分を失って乾き、干からびた死の感触ではあったが、地下の世界に対して畏敬の念を覚えるには充分だった。生者と死者の思いが交錯する場所。その気持ちは祖母も同じだったようで、祖母は古墳の歌をいくつも詠んでいる。

宵の星古墳の上にあらはれて一ひらの骨ありと示しき　『をがたま』

しかしそのような神聖な土地であっても、ブルドーザーは毎日動きまわり、容赦なく丘を削ってゆく。数基の古墳が、孤島のように残される。「栗の木が生ひいでる」のが「さびしきとき」であるというのは、そのような開発の光景が、祖母にとって「さびしき」としか言いようがないものだったからなのか。そんな風に考えたこともあった。

栗丘を削りたる儘休止せるブルドーザーは夜の明にみゆ　『鷹の井戸』

それから数年後のことである。

中学三年か高校一年になっていた私は、ある晩、従姉とともに大森の祖母の家に泊まって、祖母の世話をした。祖母はその頃具合が悪くなり始めており、認知症のような症状も出ていて、玄関の鍵を閉めたかと何度も訊いてきたことを覚えている。夕食に蕪蒸しを作り、祖母に食べさせたあと、寝る前に祖母の足の爪を切ろうということになった。実際に切ったのは従姉で、私は足を支えていただけだったかもしれない。久しく切っていなかった祖母の爪は伸びていて、小指の爪が蹲るように分厚くなっていた。大柄だった祖母が、急に小さく無防備な存在になってしまった気がして、戸惑いを覚えながら、切られていく爪屑を私はじっと見ていた。電灯の白々とした光のもとで、それは心なしか青黒く見えた。

あの晩、爪を切った祖母は、ぐっすり眠れただろうか。

あの爪切りは、その後ゆっくりと泉下への道を歩んでいった祖母の、「邃き眠りの約束」となったのだろうか。

今、「月差さば」の歌を読み返すと、そんな思いが胸に去来する。

さらに思う。もしもこの歌が私に向けてのものだったなら、つまり、歌によって「切れ」と命じられたのが私の爪だったのなら、いつか人生の終わりにあたって、私もまた、邃《ふか》き眠りの約束となるような月下の爪切りを経験するのだろうと。なぜなら詩人とは予言者でもあり、その命令には服さなければならないからだ。

その夜、私のたましいは八歳の少女となって、祖母の膝に抱かれているに違いない。今はもう失われたあの家の庭先で。周囲には、きっとまぼろしの栗の木が生いでているに違いない。見えざる栗の木は谷を掩《おお》い、丘を掩い、相模古墳の台地を掩っていくだろう。

　そのように想像をめぐらせた時、ふと気づいた。もしかしたらそれもまた、祖母の言う「さびしきとき」なのかもしれないと。古墳時代の人々の、祖母の、私自身の生と死が結びつく。過去と未来が響きあう。それこそが歌のちからなのだと。

　少女時代からの疑問にひとつの答えを得た気持ちになった私は、祖母の色紙をクローゼットから取り出し、久しぶりに眺めてみた。紙はすっかり茶色くなってしまったものの、墨跡は変わらず美しく、まるで祖母の微笑のようだった。

しずくひとつ、取りさった幸福

西湖畔西冷印社の朱泥を購《か》ふときまさに西のそら冷えゐたり　『朱靈』

一九八五（昭和六〇）年に祖母が他界した時、私はまだ高校生だったので、祖母の遺品、なかでも歌にかかわる品々がどのように形見分けされたのかは、全くわからなかった。祖父が祖母の歌仲間やお弟子筋の方々に差し上げたのかもしれないし、あるいはまとめて捨ててしまったのかもしれない。家族の手元には、歌集や直筆の色紙の他は、ほとんど何も残らなかった。

そのような状況だったので、その十年後に祖父が亡くなり、祖父母の暮らしていた大森の家が売られた時、たった一つ残っていた祖母の文箱を母が引き取ってきたのは、私にとって僥倖ともいうべきことだった。それは長らく母の家の押し入れにしまわれていたが、七年前に母から私に贈られ、今では私の宝物になっている。

文箱は若狭塗で、貝殻で細かな模様が施されたものだ。開けると中は和紙の便箋や封筒ばかり。それでもいくつか目を引くものが入っており、まずは赤と青の色あざやかな花模様の和綴本が一冊。作家の須永朝彦氏の手になる『妙子百首』である。一ページに一首ずつ、祖母の歌が毛筆で記されている。須永氏は人生で数十冊の詩歌の和綴本を制作されたそうだが、その中の一冊だろう。興味深いのは、須永氏の師にあたる塚本邦雄氏の選んだ百首（『百珠百華――葛原妙子の宇宙』花曜社、一九八二年）と比べると、同じ歌が十二首しかないことだ。たとえ師と弟子であっても、心の琴線にふれる歌はそれぞれ違うのだと、大らかで伸びやかな字を見ながら改めて思う。

そしてその塚本氏ご本人からの手紙もある。大天使ミカエルとおぼしき絵の上に、

kunio Tsukamotoという文字の入った可愛らしいシールが封筒の綴じ目に貼られたもの。封筒じたいが、裏側に絵の描かれた凝ったつくりだ。短歌雑誌に祖母の評論を書いたことを知らせる手紙と、その手書き原稿のコピーが封入されていた。校正前に祖母の意見を知らせてほしいという内容だが、祖母がどのような返事を出したのかはわからない。刊行された雑誌を見ると、三行削られただけであとは原稿と全く同じだった。[*23]

祖母がいただいた手紙は他にもある。ただならぬオーラを放っているのが、名著『世界の酒』『日本の酒』の著者、坂口謹一郎氏からのものだ。私の伯父の恩師で、発酵学の権威、かつ歌人でもあった坂口氏を、祖母は心から敬愛しており、伯父の結婚の際には媒酌をお願いしたほどだった。

坂口氏が折りにふれて口にされた「随所に主となれ」という禅語を聞いた祖母が、「随所に朱となれ」と誤解したいきさつが、祖母の雑誌『をがたま』の創刊号の巻頭文に記されている。[*24] 祖母は自らの聞き間違いを知った後も、「随所に朱となれ」もまた信じ切るに足る美しさだとして、これを捨てないことを高らかに宣言したのだった。

　その『をがたま』への寄稿を、祖母は坂口氏ご本人にお願いしたようなのである。坂口氏の手紙は、その断りを記したものだ。巻紙に太い毛筆の文字、宛名書きも封筒からこぼれるほど大きく、エネルギーに満ちている。たとえ断りの手紙であっても、これは取っておかずにいられなかっただろう。

　そして祖母の恩師、四賀光子氏からの手紙。文面は淡い光に包まれたようなやさしさに満ちている。私の伯母夫婦の活躍を喜ぶ内容で、「昭和五十年春　光子九十歳」と裏書きされた写真が一枚添えられていた。四賀氏が亡くなる前年のものだ。そのような時であってさえ、弟子を気づかう師の心のあたたかさが感じられる。

　これらを手にしていると、これらは確かに、この人々、優れた歌才・文才をもつこの人々が触り、文字を記した紙なのだという気持ちが沸き起こってくる。そして彼らの恩寵ともいうべき何かが、すべすべした、あるいはざらざらした紙面から、私の指先に伝わってくるような感覚に包まれる。モノが残るということの貴重さ、重みとありがたさ。それを、この瞬間ほど感じることはない。

とり出でし古き朱泥を焙りをりあざやかにしも朱は蘇る
おそろしき中國の朱は拭ひたる朱はふたたび指に影なす
『朱靈』

ところで、文箱の中に見つからないものもある。祖母の印泥だ。印章はある。祖母と交流のあった篆刻家、瀧波善雅氏の手になる小さなものが四つ。側面にも細かな字が彫られた精緻な作りだ。

祖母の第七歌集『朱靈』の後記に、この瀧波氏との縁により、中国の朱泥を入手したという旨が書かれている。その白い蓋の内側に、「西冷印社」という文字を発見した祖母は、「西冷」という言葉の美しさに慄然とし、冒頭に掲げた「西湖畔」の歌を詠んだのだった。西という日没の方角、夕冷え、朱の色という連想から、祖母は「古く妖しい支那歴代の華やかな死に顔」を思った。その白き死に顔の唇には、鮮やかな朱が点じられていたに違いない。祖母が自らの歌集を『朱靈』と名付けたのも、この朱泥がきっかけであった。

いわば祖母の作歌の点火剤となったその印泥を、文箱の中に見てみたかった。

「香盒に似た形の白い陶器」だったそうだから、きっと掌に載せると冷たく重みを感じて、蓋をあける時にかすかに硬い摩擦音がしただろう。まぼろしの印合の中に眠る朱は、半世紀の時を経てなお、ねっとりと色鮮やかなままだ。

ちなみに「西冷」というのは、中国浙江省の西湖のほとりにある橋の名だが、ほんとうは「西泠」という文字である。「にすい」ではなく「さんずい」なのだ。「泠」には「ひややかなさま」という意味もあるが、水の部首であることからもわかるように、水の音の清らかさを表し、氷の部首をもつ「冷」とは全く別の字である。ただ、筆で崩し字風に書くと「冷」という字にも見えるため、誤読されることが多いらしい。祖母もその一人だった。

祖母の脳内で、さんずいのしずくが一つ、散り落ちたのだ。

その瞬間、天は自らを凍らせ、西のそらが冷えたのだ。

そうして掌上の朱と、いつか自らも訪れる西の世界が結びついたその夕方を思う時、「しずくひとつ取り去ったはての幸福」のようなものを感じずにはいられない。

そしてそれは詩人にだけ許される幸福なのだろうと思いながら、私は静かに文箱の蓋を手に取り、そっと閉じるのだ。

切手のこと

ゆふぐれの手もてしたためし封筒に彦根屏風の切手を貼りぬ
彦根屏風、方寸黄金の切手にて禿《かぶろ》のゐたり遊び女《め》ゐたり

『をがたま』

祖母は手紙をよく書く人だったので、大森の家にはいつも切手がたくさん置いてあった。祖母が亡くなった後、私はそれを自宅に持ち帰り、少しずつ使ってきたが、いくつかはとっておき、夫の切手帳にいれて保管してもらっている。

美術の柄が多い。日本画では竹内栖鳳、小林古径、村上華岳、速水御舟、洋画では藤島武二、小出楢重、岸田劉生、東郷青児、その他には鏑木清方や竹久夢二、棟

方志功など。一九七〇年代末から一九八〇年代初めにかけて発売されていた「近代美術シリーズ」がメインである。ほかに「自然保護」シリーズや「日本の歌」シリーズなども少し。こうした特殊切手が発売になるたびに買い集めていたのだろう。

残念ながら、冒頭に掲げた歌の元となった、「彦根屏風」切手は残っていない。一九七六（昭和五一）年の切手趣味週間のものである。図柄を覚えてはいるので、多分私が使ってしまったのだと思う。その前年の「松浦屏風」切手は一枚だけ残っている。こちらも金地に、禿や遊女が六人ほど。着物の模様まで細かく描かれていて、「彦根屏風」切手よりさらに美しい。「近代美術シリーズ」もそうだが、普通の切手よりサイズが大ぶりで、これを封筒に貼ったらさぞ映えただろう。たそがれの薄明かりのもと、あの大森の家の食堂でこうした屏風柄の切手を手にとれば、地がまさに黄金のごとく輝いて見えたはずである。

祖母の家からは、切手とともに祖母の葉書もひとかたまり持って帰ってきた。金色の貝殻の中に、白い水仙の花を配した絵柄で、表面に「嵩山堂　貝合せ」とある。

厚みがある和紙で、光にかざすと中にすき込まれた銀の粒がきらめく。

美しい葉書に、美しい切手を貼る。身の回りは何もかもごちゃごちゃだったのに、こんな風に美意識が鋭く働く場と瞬間がある。そういう人だったな、と思い出す。

この貝合せの葉書は、郵便番号が五桁しかないのもかまわず、折りにふれて使っていたのだが、数えたらもう残り四枚になっていた。あと四枚、誰に出すことになるだろう。一枚は手元に残しておこうか。

祖母の死から三十八年、そんなことを考えるようになった。

素晴らしき人生

早春のレモンに深くナイフ立つるをとめよ素晴らしき人生を得よ　『橙黄』

祖母は生涯に五千首ちかい歌を残したが、その中でも特に人気が高いのがこのレモンの歌だ。短歌について詳しくない私も、この歌のことは以前から知っていた。雑誌で組まれる祖母の追悼特集で、たびたび取り上げられていたからだ。

この歌は歌人としての祖母を紹介する際にはよく選ばれ、評論や解説が付くこともある。しかしそれらでは、そもそもこの「をとめ」がいったい誰なのか、断定は避けられているようだった。例えば塚本邦雄氏は、思春期と覺しいこの檸檬處女《レモンをとめ》が、作者の分身か、血縁か、創作された人格かは知らず、早春、春寒料峭の候、冱え返る大氣の中に迸る檸檬の香と、鋼線のやうに勁く鋭敏な處女の感性と意志は、明らかに、かつての作者を、かつてはまた作者の内部にまだ息づいてゐる無垢の險しい部分の反映であつた。[*25]

と、独自の解釈を披露しておられるのだが、私には「創作された人格」というよりは、祖母の娘三人のうちの誰かだろうと思える。この歌が収められた歌集『橙黃』(一九五〇年)の後記に、「(歌は)戰後五年間の作品から抄出された」とあり、その頃といえば、長女葉子が十七~二十二歳、次女彩子が九~十四歳、三女典子が四~九歳なので、年齢的には葉子なのだろう。結城文氏も、

「早春のレモンに深くナイフ立つるをとめ」というイメージは葉子を表現するのにまことに相応しいイメージと思う。[*26]

と述べておられ、川野里子氏も、

この「をとめ」は長女の葉子であろうか。後に自らの意志でクリスチャンとして洗礼を受け、葛原と激しく対立することになる長女はすでに母に抗う刃を秘めているようでもある。[*27]

と推測されている。歌集でこの歌の前に葉子の歌が配置されていることからも、葉子だと考えるのが妥当である。ただ、本当にそうなのか、そしてこの歌にどんな背景があったのかは、よくわからないまま、時が過ぎていった。

ところがある日のこと、私は偶然、この疑問を解く手がかりとなる文章を見つけたのである。

それは祖母が一九五二（昭和二七）年に『婦人生活』という女性雑誌に寄せた、

私小説の形を装った葉子伯母への手紙であった。

タイトルは「おとめよ、ためらわずに—嫁ぎゆく娘におくる—」。結婚直前の葉子への、祖母の思いが綴られた文章であった。

これまで読んできた祖母の散文には全く見られなかった、甘い感傷をまとわせた文体。女性雑誌のテイストに合わせた、柔らかい筆致で書いたのだろうが、祖母はこんな文章も書けたのかと、少し信じがたい気持ちにもなった。書き出しはこんな風に始まる。

この間から頼まれていたあなたの卒業論文の筆写があと十一、二頁残っているのを、午後になつて漸く私は片付けることが出来た。

百三枚の原稿をきちんと綴じて、念のためにもう一度頁を当つた。間違いはなかつた。ほつと息を入れると私は急にのどが渇いてきた。軽い疲れのなかに何杯目かのお茶を代えながら、わたしは、どこか遠くで笛が鳴つているような錯覚におそわれた。幸福な時間がやつてこようとする前ぶれであろうか。

筆写が終ろうとする少し前に、実は私は、幸子《ゆきこ》さんのお使いが届けられた紫紺の風呂敷包を受けとっている。内容はすでにそれと解っている。期待の時間はながいほどよい。私はもう一ぱい熱いお茶を注ぐことにしよう。[*28]

この「幸子《ゆきこ》さん」は、実際には「幸子《さちこ》」という名の祖父の姪である。母とも仲が良く、私も幼い頃からたびたび会ってきた人だ。

文章に戻ると、祖母が受け取った風呂敷包みの中身は幸子が縫った葉子のウェディングドレスであった。祖母はそれを手に、幸子の結婚・出産のことや葉子の青春のことに思いを馳せるのであった。

さて葉子よ。

あなたは、この従妹の幸子さんとは少し行き方が違っているように私には思える。

幸子さんが洋裁の専門の学校を出て間もなく、Sさんにめぐり合い、可愛い真剣な恋愛をしていた頃、あなたはカトリックの大学に進み、昼も夜も制服を着たままで過した。

聖書《バイブル》にゆらぎて蠟の光りかすかかくておとめの思春期は過ぎむ [*29]

夜毎に停電、また停電のあの頃、ろうそくのはかない灯を頼りに、あなたは深夜まで椅子をきしませてものを読んだ。宗教に関する凡その本は大学の図書室から借り出して、あなたの目は憑かれたようになつて行つた。終戦のあとのあの索寞《さくばく》とした世相を背景に、あなたの頭の中には、どんなものが渦巻きはじめていたか、それは私にも解つていたような気がする。ある時、何かの話の弾みに、

「私には三つのいき方があるの。このままひとりでもいい訳だし、奥さんにもなれるし、それから……」

と云つてあなたは口籠つた。そんな時、私には、あなたの大学の尼僧《マザー》の黒い

被衣《かつぎ》がふつと浮かぶのであつた。

この会話の少し前に、伯母は祖母の反対を押し切って受洗し、カトリック信者となっていた。祖母は自分の自由にならない娘を発見して混乱する。

（前略）信仰に無縁な母と、一途に信仰に生きようとする娘の感情は日毎に対立し合つた。そのうちに、あなたは母を出しぬいて、精神的にぐんぐん走るように歩いた。私のことなどは眼中になかつた。私も負けずに歩こうとした。その頃、あなたの親友の一人が修道院に入られた。あなたの目は物を突き刺すように輝いた。私はあせつた。それは今更、「子供の信仰の自由を奪う」利己心などからではなく、また、「子供が或は尼僧になるかもしれない。」と言う、さびしさに私が負けたためでもなかつた。

しかし葉子よ。今となつては私は憚らずに云おう。私はあの頃のあなたの何気ない振舞の中に、やはり濃い女性の血液を時おりまざまざと見せられた。そして、そういうあなた自身に抵抗しようとする切ないばかりのあなたをも。

娘がシスターになるかもしれないとあせりつつ、祖母は当時家に遊びに来ていた二人の青年と娘とのやりとりをじっと見つめていた。文章では「一人は父上の旧師の御二男で、一人はその友人T」と紹介されている。前者は祖父の恩師、九州帝国大学の赤岩八郎教授の子息、赤岩道夫氏であり、後者の「友人T」が後に葉子の夫となる猪熊時久であった。

二人のうち、特に文系だった時久と葉子は色々な問題について話し合っていたが、その際に葉子の目が潤いに満ちているのに祖母は気づく。「戀に似て戀とならざる親愛の愉しさにゐてこの若人ら」「聲若く神と物とを論じゐる襖の外のけはひを聞きねむる」という歌がこの時に生まれたらしい。ただ、時久は淡々として行動に出ない。行動に出たのは祖母だった。

「どう思う？うちのお嬢さんあの勢いでは神様の花嫁になりますよ」

ある夜、私は半ばおどけてこのように彼に告げたのだが、心中は明らかに慌てていた。二人目のお友達の修道院入りが定まつた時に、最早、あなたの心は決定的となつたように見えたからだつた。暫くしてから彼は云つた。

「ふうん。いよいよとなつたら必死でとめるよ僕は。」

私はその時、にわかに彼の心の隅に、何かこつんと手応えを感じた。そして「万事成りゆきに委すべし」と目をつぶつたのである。


早春のレモンに深くナイフ立つるおとめよ素晴らしき人生を得よ

私のあなたを歌ううたは、その頃から目に立つて張りが強くなつた。

レモンの歌は、ここに出てきていた。

伯母のような信仰を持っていなかった祖母にとっては、家を捨て修道院に入ることは「あちら側」の人生であるのに対し、結婚して俗世で家庭生活を営むことが

「こちら側」の人生であり、素晴らしき人生は「こちら側」にしかない。あちら側にゆくか、こちら側にゆくか、本当にぎりぎりの局面で、漁師が網を投げるように「ことばの網」を投げ、娘を必死でこちら側にたぐり寄せる。この流れでは、そのような歌にも思えた。

文章はその後、伯母が猪熊時久と婚約に至ったこと、結婚の準備が進んでいることを綴る。その上で、祖母は再び伯母に語りかける。

かつて「神の花嫁」になることはあなたの無上の憧れであった。それを母は単純に甘いとさげすんだわけではない。そうした青春の純情を私は今はむしろ高く讃える。しかも、あのような社会の、思想の、混乱した時代に、若くありながら真面目に自分の生き方を考え、安易に、粗忽な恋愛を選ばなかったあなたの聰明をありがたいことにさえ思っている。

そして遂に彼を選ぼうと決意した時に、

「わたしはもう少しで、わたし自身、女であることを忘れようとしたのね。」

と少しはにかんで云ったあなたを思い出す。

葉子よ。しかしそれは、まことに祝福されるべき言葉なのだよ。人間と生れ、まして女性と生れて、真に人間らしい、女性らしい生き方をあなたの信ずる神もおとがめになる筈はないではないか。悦びもかなしみも無限の味わいに満ちた人生をあなたに与えたいばかりに母も苦しんだ。思えば長い難航の年月であった。


いったい、この話はどこまで真実なのだろうか。大筋は私が聞いていた伯母の結婚話と合致するものの、祖母が女性雑誌のために多少ドラマチックに、かつ自分に都合よく脚色している可能性もある。

これは本人に確認しなければならない。そう思い、私は葉子伯母のもとを訪ねた。伯母は、二〇〇二（平成一四）年の伯父の死後はずっと一人で暮らしていたが、九十四歳を過ぎて高齢者施設に入居したばかりであった。

祖母の文章のコピーを見せると、伯母は、これは見たことがないと言い、少し驚いている様子だった。そして、卒業論文の筆写をしてもらった記憶も、婚礼衣装の支度をしてもらった記憶もない、と言った。問題の信仰のことについては、確かに当時、親しい友人が何人か修道院に入ったが、自分自身がシスターになりたいとか、そういう言葉を使ったことはない、修道院に入るとまで思ったとすれば妙子の早とちりだ、とのことだった。そして静かに、その頃、自分が信仰をもつことに周囲は寛容ではなかった、とも言った。

文章には、祖母ならではの空想と思い込みが多分に織り交ぜられていることがわかった。七十年以上も前のことなので、真相はわからない。しかし、早合点をしたにせよ、ともかく祖母が伯母の人生の選択に対し、非常に気を揉んでいたのは確かであった。

改めて驚かされるのは、当時の祖母が、自らはそれほど幸福ではない家庭生活を送りながらも、その悲しみすらも味わいの一つと見たてるほど、決して信仰にはすがろうとしなかったということだ。祖母が後に穴澤芳江氏に、「私が信仰に頼ったらおしまいです」と叫んだことを思い出した。[*30] そして、娘が離れていくことへのはげしい葛藤。

はじめての娘を嫁がせる母のきもちはかなしいものと人は云う。しかしあなたの結婚式に私は泣くだろうか。

「そんなに強がつても必ず泣きますよ」

昨年、やはり長女を嫁がせたある友達は、先日もこう云つて私をからかつた。「泣かない」と約束することは、ほんとうはやはりこの母の意地つぱりかも知れない。人間が泣きたくなるのはかなしみのどん底よりも、むしろ幸福感で一ぱいの時かもしれないのだから。

夕あかりきよきがなかにさばさばと離るるものをいまははなれしめよ[*31]

あなたが婚約したあの頃にこのような歌がもうひとつある。これもやはり私の強がりだろうか。樹の下に犬を慣らしているあなたをみて、

「お前の胸はいま喜びに膨れている。家から、弟妹から、友人からすら遠ざかっていたいような喜びに……。そしてひとりの人の手に抱き取られるばかりになっている。かまわないから離れてお行き。わたしは少しもかなしくはない」

という意味をこめて私はこの歌を詠んだ。そのくせ私はゆうがたのうす明りに紛れて静かに涙の流れるのに委せた。


祖母の文章は、そんな風に終わっていた。


伯母とは四十分ほど話していただろうか。やがてお三時の時間が来たので、また来ますといって辞去した。

伯母の入居している施設のある町は、地名に桜の字が入るだけあり、駅への道のりはどこもかしこも桜が満開であった。

花の下を歩きながら、伯母の言葉について思いを巡らす。

「おばちゃま、このおばちゃまのご結婚の話、文章にしてもいい?」と聞くと、

「いいわよ、でも姪が伯母の結婚について書くっていうのも、何だか面白いわね」と言ってふふっと笑っていた。

伯母は、「私は時久のことを本当に尊敬しているの」と言う。ここ数年、私に会うたびに、いつもそう言うのだ。そして、亡き夫がいかに良い人だったか、苦学生で、苦労して、どれほど我慢強かったかを、しみじみと慕わしげに語るのだ。今回もそうだった。

祖母のレモンの歌は、娘に対する純粋な愛情と言うよりは、むしろ祖母らしい執着の表れだったのかもしれない。しかし何はともあれ、娘に対して「素晴らしき人生を得よ」と祖母が願ったのならば、その願いは、天に通じたのだと思った。

その瞬間、風がさあっと吹いて、桜の花びらが宙を舞った。

室生犀星と祖母

軽井沢の室生犀星邸にて犀星と女性歌人の座談会
左より３人目が葛原妙子（1956年8月）
『室生犀星文学アルバム　切なき思ひを愛す』より

イシのようなひと

母から祖母の文箱を譲り受けた時、実はひとつ、中に見たかったものがあった。室生犀星からの葉書である。

祖母の随筆「黄金週間前後」、および「魂の自由――一詩人の死――」によれば、祖母が室生犀星とはじめて対面したのは、一九五六（昭和三一）年五月のことであった。祖母が編集を担っていた雑誌『女人短歌』の企画として、犀星との座談会という案がもちあがったのである。祖母は交渉役として、馬込の犀星邸に出席をお願いしに行ったのだった。*32

生涯を通じて講演や座談会に消極的な犀星だったが、祖母の依頼はなぜか承諾する。祖母はそれを、犀星が義歯をはずしていたからだと解釈したのだが、いかにも祖母らしいと思う。

まひるの暴風ならぬ私は、その日、話のあいまあいまに室生さんの口元を眺めた。口元がなにか頼りなげでものいいが如何にもたどたどしく思われたからである。

ふと気がついたのだがこの時室生さんは義歯を外しておられた様子であった。だがその頃の私はまだ、室生さんの言われる、「婦人客」の資格が充分だったから義歯を外した儘室生さんが私に逢われる筈はなかったのである。察するところこの日室生さんは愛用の義歯を修復中であったのではなかっただろうか。七十歳に近い老作家の羞らいはおもてにあらわれ、室生さんはこちらを正視することを余りされなかったようだ。私はつづまるところ、その日の室生さんに勝ったのである。*33

実は大森の祖父母の家と馬込の室生犀星の家は歩いて行ける距離にあった。犀星の娘、室生朝子のエッセイによると、戦後まもなく、朝子と弟が湯たんぽでやけどをし、しばらく私の祖父の外科病院にかかっていたという。何度目かの通院の際、祖母が出てきて挨拶をしたらしい。[*34]

犀星との最初の対面の時、祖母が葛原病院の名を出したとすれば、子煩悩な犀星としても断り切れなかったのかもしれない。[*35] まあ軽井沢の別荘でなら、ということでその場をしのいだのだろう。

ともあれ犀星は座談会への出席を了承し、祖母は名刺がわりに最新の歌集『飛行』を置いて室生邸を辞去した。そしてその翌日、犀星から一通の葉書を受け取ったのだった。文面は「けわい立ったたひとりの女人がやって来て自分を脅した。あなたが帰られてから頂いた御本を読んだ。けさも読んだ。御歌はわが意に添い申候」というものだったそうだ。

この葉書が見たかった。文箱の中をかき回したが、見つけることはできなかった。葉書を受け取った時、祖母は引き出しにしまったという。そのまま失われたか、あるいは祖母の没後にどなたかの手に渡ったか。いずれにしても残念でならない。犀星の筆づかいを、この目で見てみたかった。犀星のやさしさか、あるいは祖母の言う通りであったとすれば犀星は祖母に負けたわけで、その悔しさか。葉書を手にとり、文字にどちらがにじみでているのか、確かめてみたかった。

祖母は犀星を敬愛していた。その詩人・作家としての才能や生き方を尊敬する、というのはもちろんだが、おそらく犀星の生い立ちを、ある種の共感をもって見ていたのではないかと思われる。士族の父親、そして生母との生き別れと、育ての親からのいじめ。辛い幼少期を送った犀星は、運命によって不当に虐げられたという怒りや復讐心を、自らの創作活動のうちに昇華させた作家であった。その姿に、祖母は刺激を受けていたかもしれない。どうしても会って交流したい、と思ったのだろう。座談会への意気込みはたいそうなものだった、と友人の森岡貞香は当時を回想している。[*36]

座談会はその年の夏に旧軽井沢の犀星別荘で行われた。記録となる『女人短歌』

の「沙羅談話―書く人・歌う人―」という記事を読むと、祖母を含む六人の女性歌人と犀星が、短歌の中の小説的素材、俳句・短歌・詩・散文の違い、これらで生活を成りたたせること、文語と口語、犀星の女性観など、多岐にわたるテーマについて話し合ったことがわかる。[*37]

会の席上、祖母は話の途中でどんどん話題を変え、犀星に質問をした。しかし、そこから始まる座談の中で、犀星とうまく会話のキャッチボールができているかといえば、あまりそうではない。おそらく祖母には「自分は犀星にこれを言いたい」、「犀星には質問に対してこう答えてほしい」という強い気負いがあり、相手の言葉を受け、柔軟に対応しながら、ともに会話を作り出していく、という雰囲気にはならなかったのだろう。

葛原　お話が飛躍しますけれど、先生は「女ひと」の中で男女の間はただ相あわれむことによつてのみ繋り得る、という意味のことをお書きになつておりますね。それは多くの場合眞實だとおもいます。でも逆に「あわれまれざる女性」というもののあわれをおみとめにはなりませんか。

室生　哀れむことの出來ない人ということですか。

五島　男の方からみて…。

葛原　そうです。「つづめて言えば叱られて默ってしまう人があわれになるのだ」とおつしやっておりますね。それの逆を行く性格の女性のあわれさです。

室生　それはむずかしい…（笑聲）。

（中略）

葛原　「女性」というものが硬く變質してあらわれ勝なおんなの人があります。古いところを辿ってもたとえば仁徳天皇の妃、磐之媛、私、史上でもっとも好きなタイプです。でもああいうひとに面とむかったら男の人はやはりやり切れないだろうと思いますの。仁徳天皇はたいそう紳士的でいらつしやっていまの言葉で言えば恐妻型に近いのでしょうけれどやはり妃を心中ではふかくあわれんでいらしたのかしらん。

この妃の場合、女性の誇りのあわれ、妥協のない性格のあわれがきらめくように美しいのです。[*38]

このくだりなど、まさに祖母は磐之媛《いわのひめ》に仮託して自分のことを言っている、と私には思える。祖父との間に嫉妬にまつわる問題を抱えていた祖母が、どのような女性の中にも美を見いだす犀星に対して、自分のような嫉妬深い女性もあわれである、それを理解してほしい、美しいと言ってほしい、と突きつけていると。

しかし、この時の犀星の返答は、「一般論として語ることはできない」「男性にも女性にも恋慕の情はある」というものであり、話題も阿部静枝によって別のものへと変わってしまった。日頃から親しく話し合っているわけでもない、しかも七人の座談において、祖母が求めるような言葉を犀星が発するはずもないのである。

『室生犀星文学アルバム　切なき思ひを愛す』に掲載されているこの座談会の写真（本章扉）を見ると、[*39]五島美代子や生方たつゑ、長沢美津などがみな犀星の方に顔を向けて話を聞いている中で、祖母だけがぷいと別方向を向いている。皆の話をうまくつなげ、橋渡しし、座談を流れさせているのは五島美代子であり、祖母は自分が犀星に言いたいことを言うためだけにそこにデンと座っている、という感じだったと想像できる。

後年、室生朝子は、犀星が密かに祖母にあだ名をつけていたことを明らかにしている。

> 彼女(妙子)は体格もよく背も高い方で和服を着て正座されると、ヒザの高さは相当なものであった。何度か来られるうちに、犀星はひそかに彼女にアダ名をつけていた。(中略)葛原夫人を犀星は小さな声で「イシのようなひと」と私にいった。[*40]

「イシのようなひと」とはまことにぴったりなネーミングである。確かに祖母は、特に座っている時は石のように見える人だった。犀星には、背の高い祖母が、憧れの犀星の前でかしこまる姿が庭の景石のように見えたのに加え、おそらく祖母の態度や言葉が、石のように硬いものとして感じられたのだろう。その場にいる他者とやさしく情を通わせることのない、屹立する石のような人物。ただ、石なら石としての美しさやおもしろみを見いだす犀星のこと、祖母にもきっと何かしらよきものを見つけてくれたのだろうと、今は思いたい。

座談会から三年が経った一九五九（昭和三四）年秋、祖母は第五歌集『原牛』の題字と叙文を犀星にお願いした。祖母の願いは聞き入れられ、味わい深い題字とともに「和歌の體位」という叙文が歌集に寄せられた。

高度の感情といふものは最早素材を再度くり返して詠むことを拒む者である。その爲につねに內材はあたらしく用意され、それを狙ふことが作者の眞實の行爲になる。葛原妙子さんはいしくも其處に行き着いてゐられる。歌の形をこはしたかに見える一應の見方をなほ熟視してゐると、葛原妙子の流れの落着きは美しい古歌をその地下に浸透させてゐる。それでゐて決して（ママ）そのながれに安易に身を置いてゐない。再度くり返して云ふなら凡ゆる文學作品では内材を何時も捉へるに、あたらしく羽ばたきをしてそれを狙ふといふことほど大切なことはないし、それが作家の難かしいかぎになるのです。

私は和歌は專問（ママ）外ではあるが、彼女が幼兒の唾液が透明なかがやきを持つことを發見したやうに、玲瓏感のあふれた集歌の原野を此處まで來て眺め、妙子さん自身で引いた明るい克明な地圖の制作が、なみなみでなかつたことを私は私自身の仕事の上にも眺めたいのである。

昭和三十四年初秋　　室生犀星＊41

老齢期に入ってから新しいジャンルを開拓した犀星にとって、文学作品の素材をどのように新しく用意し、どのように新しくそれを狙うか、ということは大きな問題であった。座談会において犀星は、祖母の歌について、生活の中の出来事、つまり小説の材料となりそうな素材を、特殊なある瞬間をとらえることによって歌にしているものだ、と発言している。小説的な素材を散文ではなく詩にするのは大変な苦労であること、祖母の方法が新しい羽ばたきであることを認めた上で、この叙文を記してくれたのだろう。
祖母は『原牛』のあとがきに、「室生犀星先生から作品について深い御理解を得、御文章と題字を頂戴したことはあらためて心奮うおもいである」と述べ、また、犀星の死後、一九六三（昭和三八年）年に出版した第六歌集『葡萄木立』の後記においても、「御生前に作品について深い御理解を賜はつた室生犀星先生」と書いている。「イシのようなひと」の独語のような歌にも、小さなかがやきを見いだした犀星のまなざし。そのまなざしのうちに自らの歌への「理解」を得たことが、祖母にとっていかにありがたいことだったかが伝わってくる。

文箱の中に犀星の葉書は見つからなかったが、祖母の犀星への思いをしのばせる写真は残っている。一枚は犀星が『かげろふの日記遺文』で一九五九（昭和三四）年の野間文芸賞を受賞した折りの祝賀会での記念写真である。祖母はそれに出席させていただいたらしい。自分と犀星が写っている写真を、大切に持っていた。

そしてもう一枚、犀星の死後、祖母が歌人のお仲間と、軽井沢の犀星詩碑を訪ねた時のスナップ。犀星は野間文芸賞受賞の記念に、別荘にほど近い矢ヶ崎川のほとりに自らの詩碑を建てた。その前には朝鮮半島の石人像が二体、安置されている。犀星はそれを戦前の満洲旅行の帰りに京城でもとめ、以来馬込の犀星邸の庭に置いていた。犀星の遺志で詩碑の前に移設された、いわば犀星の「墓守」ともいえるものである。

この石人の後ろに、祖母が立っている。黒地にグリーンの植物模様をあしらったワンピース姿。グリーンのターバンの上に、ヘアピースがうずたかく盛り上がっている様は、どことなく石人のかぶっている冠にも似ている。

「イシのようなひと」の墓参。それを受け、かつて石人の風雅を愛でた泉下の犀星の口元は、やわらかく微笑しただろうか。

畳の上の伊勢えび

室生犀星

老いたるえびのうた

きようはえびのように悲しい
角《つの》やらひげやら
とげやら一杯生やしているが
どれが悲しがつているのか判らない。

ひげにたずねて見れば

おれではないという。
尖つたとげに聞いて見たら
わしでもないという。
それでは一體誰が悲しがつているのか
誰に聞いてみても
さつぱり判らない。

生きてたたみを這うているえせえび一疋。
からだじゆうが悲しいのだ[*42]

生涯に二十冊以上の詩集を著した室生犀星。その絶筆として名高いのが、この「老いたるえびのうた」だ。

亡くなる直前に、女性雑誌『婦人之友』のために書かれたものである。病が進み、ペンを持てなくなっていた犀星が、自ら文字を記した最後の詩であった。

老いとそれにまつわるかなしみを、これほど見事に表現した詩はない。読むたびに、これを犀星が絶唱としたことに、ふかい感慨を抱かずにはいられない。詩人の人生、詩人の運命というものに、思いを馳せてしまうのだ。

この詩の背景については、室生朝子の『追想の犀星詩抄』に詳しい。それによると、犀星の死の三年前、六匹の立派な伊勢えびが送られてきたという。犀星はしばらくそれを畳の上で遊ばせ、それから朝子に料理させて食べた。海老は消化に悪いからと、時間をかけて食べたらしい。朝子によれば、犀星と海老が結びつく思い出は、この一度きりだったとのことだ。

このいきさつを読んで私は驚いた。問題の伊勢えびを贈った人物、それがなんと祖母だったからだ。

父の亡くなる三年ほど前の暮に、歌人の葛原妙子さんから、六匹の立派な伊勢海老がとどけられた。房総の故郷でとれたものとかいわれ、父は三十分ほど茶の間で、畳茣蓙を敷いて、海老を遊ばせていた。長い角やひげで相手をさぐり、茣蓙の目に足を滑らせて、面白い動きを六匹の海老がそれぞれ行っていた。父はきっと伊勢海老のように大きい海老が目の前で動いているのを見たことはなかったのだろう。（中略）

父は海老の運動を見て何を考えていたのだろうか。やがて、私に台所に持っていって、料理するようにと、言った。[*43]

亡くなる三年前というと、祖母が第五歌集『原牛』を出した頃である。祖母は敬愛する犀星にお願いして、この歌集に題字と叙文をいただいていたのだった。御礼に、という気持ちだったのかもしれない。あるいは、犀星が『かげろふの日記遺文』で一九五九（昭和三四）年の野間文芸賞を受賞したことを受け、そのお祝いとして贈ったという可能性もある。祖母は祝賀会に出席させていただいたので、感謝の気持ちを込めてだったとも考えられる。

それにしても、なぜ生きた伊勢えびだったのだろう。房総は私の祖父の故郷だから、そちらから取り寄せたのかもしれないが、自然を愛し、生き物を愛した、しかも胃の悪い犀星に、このような贈り物をした祖母の意図がよくわからない。犀星は優しい人だった。鳥を愛し、こおろぎを愛し、虫は蝿と蚊以外、殺してはならぬと家族に厳命していた。そんな犀星にとって、生きた伊勢えびを料理して食べるというのは、どのような気持ちがすることだったのだろう。畳の上に海老を置き、その動きを三十分も見ていたというのは、心になにか葛藤を抱えていたからなのだろうか。あるいはまもなく殺される海老の姿に、やがて来る自らの死を透かして見ていたのだろうか。

ともあれ、もし祖母の伊勢えびが犀星にふかい印象を与え、それが犀星の胸のうちで三年の時を経て醸成され、詩人の絶唱としてほとばしった、ということなら、祖母は知らずのうちに、詩の歴史に対してなにがしか恩を返したと言えるのかもしれない。伊勢えびにも犀星にも残酷な話ではあるが、詩人の運命においては時としてこういうことも起こりうるのだろう。

「老いたるえびのうた」の原稿を雑誌社に渡した一か月後、一九六二（昭和三七）年三月二十六日に犀星は他界した。七十二歳であった。祖母は青山斎場の葬儀に出向き、早春の花々に埋もれたその遺影を見たのだった。
それから十九年がたった一九八一（昭和五六）年の春、祖母は自らの雑誌『をがたま』の創刊号に、犀星の「剣」という詩を載せた。

剣

剣を抜いて見詰めてゐると
その逞しい美しさに驚く
じりじりと美しさが滴れる
鏡の中に坐つてゐる眩しい思ひがする
その冷たい研ぎ澄んだやつ
愛しなければ遂に錆をふくむ清浄極まる奴

室生犀星『鉛筆詩集』より＊44

そして、それに添える形で、

耳裏に青白きヒヤシンスの燄立ち　犀星忌三月二十六日

という歌を寄せた。
犀星最晩年の随筆「老いたる狐」によると、犀星はある早春に、来客から瓶入りのヒヤシンスをもらったそうだ。亡くなる一年か二年前のことだと考えられる。犀星は日中それを縁側に出して陽にあて、夜は凍らないように寝室に入れていた。ヒヤシンスが咲くまでの二か月間、毎日毎日そうしていたという。[*45]
毎晩毎晩、犀星とヒヤシンスはともに眠っていた。
生前の犀星の枕頭を守っていたヒヤシンスこそ、死後の犀星の魂を焼く炎としてふさわしい。歌でヒヤシンスを炎に変えること、それが祖母なりの犀星への手向けだったのだろう。力をつくして歌い続けること、それも剣のように美しく、研ぎ澄まされた歌を。錆をふくませてはならない。犀星の命日にあたり、犀星のことばから、祖母はあらためてそのような教えを受け取ったのかもしれない。

しかし、『をがたま』発行はその後二年半しか続かなかった。創刊号に載せられた犀星の詩は、はからずも、祖母の作歌人生の「終わりのはじまり」を告げることばとなったのだった。

これもまた、詩人の運命だろう。犀星の詩と、ヒヤシンスの歌を原稿用紙に書きながら、七十四歳の祖母は、何を思ったただろうか。迫り来る老いとこれからの命のことを、考えただろうか。生前の犀星との交流、その言葉の数々を思い出しただろうか。かつて自分が犀星に贈った伊勢えびのことが、脳裏をかすめただろうか。

詩人が二人。何かを与え、何かを受け取る。祖母が犀星のことを書いた随筆「魂の自由――詩人の死――」の冒頭に、犀星の古い詩、「彼と我」を引いた気持ちが、今は何となくわかるような気がする。

彼と我

我は何者かにわが有るものを交換せり
その者は長き髪を垂れ
暗夜とともに没し行けり
常に星のごとく明滅す
我は彼より手渡されしものを擁き
雨戸の外の暗夜をうかがふ
雨戸の外に大いなる者立てり
我は彼と共に我物を交換す
死のごとく苦しきものを交換す

『室生犀星詩集』所収[*46]

實となりてぞ殘れる

南天の朱き玉

冬ざれのあらはなるそのふに
南天の朱き玉のみひとりつややかに
くもりし空にうつりたり。
その眞紅《まあか》なるたまに指ふるれば
わがながきねむりよりさめきたる。

室生犀星

詩集『青き魚を釣る人』[*47]

生まれてからしばらくの間、私には名前がなかった。両親が男の子の名前しか用意していなかったからだ。出生届を提出する間際になって、窮状を救ったのが祖母であった。祖母は父の前に鋭く立ちはだかり、私の名前を告げた。「この子の名は冬実にします」と。

有無を言わせぬその威厳に、父は従わざるを得なかったそうだ。

「名前をつけてくれたのはおばあちゃん」ということは知っていたが、実際に聞いてみたのは小学生の時だった。どうしてこの名前なの、と尋ねたのだと思う。その時の祖母の答えを、私は正確には覚えていない。ただ、冬景色のうちに実があり、それはあかい実である、という言葉だけが心に残った。

ところで私にはもともと、何十年も忘れていることを、ふとした瞬間に鮮やかに思い出す、という奇癖があって、その時のことも、何がきっかけで思い出したのかわからない。

　ただ思い出したのだ。祖母がいつも夏を過ごしていた軽井沢の山荘の二階の畳の部屋。私が名前のことを聞いている時、祖母が「室生犀星」という言葉を口にしたことを。「室生犀星からとった」か、「室生犀星にある」か、どちらだったか。

　たしかに、祖母は室生犀星を敬愛していたので、犀星に関連した名前という可能性はありうる。気になって調べてみたのだが、犀星には私の名前と同じ親族はいない。どうも、祖母は名前そのものをぬすんだのではないらしい。既に他界している祖母には聞きようもないし、父も知らないという。ただ、もしかしたら犀星の詩からとったのかも知れない、調べてみたらどうだ、とだけ言われた。

　これは大変なことになった。何しろ室生犀星の詩はものすごい数である。その中から自分の名前の由来を探す、など、まるでファンタジー小説のようなミッションではないか。

　主人公が旅をする。旅の途中で、バベルの塔のように聳える巨大な図書館を見つける。中に入ると、長い衣を着た一人の老人が、本を取り出してはページをめくっている。何をしているのかと問うと、ここにあるのは全て詩の本で、私の名前はこの中のたった一つの言葉からとられたのです、それを探しているのです、と言う。
そんな空想にふけりつつ、冬樹社の『定本　室生犀星全詩集』全三巻を、一ページずつめくる日々が始まった。

朝餉

朝まだきに眼をさましたら
硝子戸の遠くに日のあたつた町があつた。
その庭に赤い實の垂れた草があつたので
机の上に置いて眺めてゐたら
溫泉《ゆ》どころの女が來て
その草の實を硝子戸のそとへ棄てた。
わたしは默つてひとりで朝餉をたべたあと、

その草の實をまた机の上に拾ひあげた。
日はまだ遠くの町の上にある
わたしは草の實を女が來たときも
手の上にすえて見惚れてゐたのだ。

詩集『鶴』[*48]

室生犀星という人は、「地味な色調のうちに、ぽつんとひとつ、赤いものがある」という景色が好きな人だったのではないか。犀星の冬景色に関する詩を色々と探していくうちに、そのようなことに気づいた。それらの多くに共通して出てくるのが、色彩の少ない、やがては雪の白一色になってゆくだろう世界に映える、いくつかの赤い実たちであった。

庭つくりにこだわった犀星は、「冬の庭」という随筆を遺している。もちろんこの中にも、烏瓜、枸杞など、様々な赤い実が登場する。冒頭の詩では主役であった南天は、この随筆では「騒々しきもの」として、梅擬《うめもどき》に席を譲っている。

冬の庭木としては別に特別なものはないが、梅擬の實の朱いのが冬深く風荒んでくるころに、ぽろ〳〵零れるのはいゝものである。南天の騒々しさにくらべると仲々澄んだ感じである。これは零れ落ちるときが最もよい。*49

犀星は梅擬が好きだったようで、その名もずばり「梅もどき」という短文もある。そこに描かれているのは、時雨の日、周りの暗さのうちに、実の色だけが赤く浮き出して見える風景である。犀星はそこからさらに心を拡げていき、万暦赤絵や古九谷などの陶磁器の美しさを思うのであった。

陶磁器といえば、私の伯母、猪熊葉子は、馬込の犀星邸に祖母のお使いで出かけたことがあったという。伯母が室生家の玄関から奥をこっそり眺めやると、暗がりのうちに犀星が収集していた唐俑の立女像が見えた、と言っていた。彼女たちの唇が、あるいは額の飾りが、そこだけ鮮やかに赤かったことを、私は願う。

ところで、これもよく知られていることだが、犀星は映画が好きだった。随筆には、大正時代以降に封切られたドイツ映画やアメリカ映画、イタリア映画など、数多くの映画の感想が記されている。中でも犀星が打ちのめされたのが、一九五六年にフランスで作られた、アルベール・ラモリス監督の『赤い風船』という短編映画だ。少年と、彼が偶然に見つけた風船の物語。少年が行くところ、どこにでも風船がついてくる。

少年は風船を慈しむ。アッバース・キヤーロスタミーやマジード・マジーディーの作るイラン映画にも通じるような、詩的で美しい映画だ。犀星は小説『蜜のあはれ』の後書きで、この映画を観た後、どうにかしてこの映画のような小説が書けないものかと、ひと月も悩んだ、と記している。[*50]

冬のパリ。街並みは色調をおさえ、石段も建物も、人々の服装も、全てグレー。そこに赤い風船が一つ、画面の真ん中をゆっくりと進んでゆく。監督が、風船が透明にならないよう中に黄色い風船を入れて撮影に臨んだらしく、風船はかなり濃い、鮮やかな赤である。

一目見て、これは犀星の好みだ、とわかった。まるで冬景色の中の南天の実そのものなのだ。詩情あふれるストーリーもさることながら、何よりも犀星はこの画面の色使いに心奪われたに違いない。そう確信させるものがあった。

犀星の好む赤、それは風景の中にほんの一つ、なにかによって点じられた朱であり、さまざまな赤の中でも、鮮やかさが最も際立つ形での赤であった。そしてそれが最も美しく現れる季節として冬を認識すること、それを、犀星の詩文によって教えられた気がした。

ただ肝心の、自分の名の由来となった詩については、なかなか探し出すことができなかった。結局見つからなかったなあ、と諦めかけた時、最後に目に飛び込んできた詩があった。孫のぐずぐずに業をにやした祖母のはからいか、あるいは読者を思いやる犀星のはからいか。正解なのかはわからないが、今はこれが最も美しい答えなのだと思うことにしている。

一つのみ梢に殘れり。
さは一つのみ、實となりて
ふゆぞら烈しきなかに
實となりてぞ殘れる。

詩集『鳥雀集』より「序詩」[*51]

まぼろしの枇杷

祖父、葛原輝。大森の家の食堂にて（撮影年不明）

銀靈

少年、芒をもて來

むらがりて亂尾花《みだれをばな》の充つる部屋わがもとほりて野の部屋ならず　『をがたま』

一枚の写真によって、失われていた記憶が鮮やかに蘇る、ということがある。祖母についての雑誌の記事を見ていた時、それが起きた。一九八〇（昭和五五）年の『短歌』誌の「葛原妙子小特集」である。冒頭ページに、大森の家の応接間で祖母がひとり座っている写真が掲載されていた。祖母の姿も、ソファーやテーブルなど、部屋のしつらえも懐かしかったが、何といっても窓際に飾られた大量のすすきが胸をうった。

ああ、これ、私が刈ったすすきだ……。

祖母はすすきが好きな人だった。昔から好きだったのかどうかはわからない。ただ、私の家族が横浜市に住むようになって以来、近所の谷本川《やもと》の川べりにすすきが生えていることから、毎年秋になると皆でそれを刈り取って大森の家に持って行ったのだった。冒頭の歌は、弟が届けた時のことを詠んだものである。

秋の暑い日、父に手伝ってもらってすすきを刈った時のことを思い出した。川原に行くと、すすきは自分の背丈よりすこし高かった。穂はまだ開ききっておらず、緑の茎もまだ固くてみずみずしい。切るのは結構な力作業だった。顔はちくちく、手にはあおい草の匂いがしみつく。光がまぶしかった。青空のもとでひとしきり労働し、ひとかかえものすすきを刈ったのだった。

車で大森の家に運ばれたすすきは応接間に飾られる。生け花風に二、三本を他の花材と合わせて、というのではなく、すすきだけ数十本の投げ込みである。やがて白い穂がふわふわとひらく。季節が過ぎ、全体に水分を失いドライフラワーのようになってしまっても、祖母はかまわずそのままにしていた。そして、その姿を「銀靈」と呼んだのだった。

ひと抱へかしこに置きてわすれたる穂芒は銀靈となりゐつ　『鷹の井戸』

あのすすきたちとの、四十数年ぶりの思わぬ再会だった。雑誌の写真の中で、黒っぽい服を身にまとい、ソファーに座る祖母。目は中空を見据えている。そのかたわら、祖母へと銀の触手を伸ばそうとするかのような、すすきの穂たち。両者の微妙な距離が、まもなくあの世へ旅立とうとする祖母の「残り時間」のようにも思えた。

窓硝子透明に拭け人ゐざる芒の部屋をかいまみしめよ　『をがたま』

貞香と妙子

ひとりの芸術家が死んだ時、その人物に、同じジャンルの芸術家の「親友」がいるかどうかは、実に重要な問題だと最近思うようになった。

故人と対等な関係で語らい、ともに濃密な時間を過ごした「親友」。恩師でも弟子でもなく、何の利害関係もなく、魂の命ずるままに切磋琢磨しあった「親友」。そういう「親友」がいて、故人を偲んでくれたり、あるいは故人の残した仕事をまとめたりしてくれたら、芸術家としてこれ以上の幸福はない、という気がする。

祖母の場合は、それが森岡貞香（一九一六〜二〇〇九）だった。

森岡氏は祖母より九歳年下である。祖母とは歌人団体「女人短歌会」設立の際に

出会い、後にともに歌誌『女人短歌』編集の仕事にも携わった。当時を知る樋口美世氏によると、

（前略）大方の仕事を手順を的確にふんでこなすのは、森岡氏であり、彼女の動作はてきぱきとして鮮やかに、且速やかで滞りなく編集が片付いてゆく。諺に「口も八丁手も八丁」という余り芳しくない表現があるが、よい意味で森岡氏には巧みな説得力と魅力溢れる話術に加え、秀れた実務的な才能が備わっており、私は多くを学んできた。（中略）葛原氏はと言えば、余り全般的にタッチすることはなく、今にして思いかえしてみても判らないという漠然とした印象しか残っていないが、その合間に塚本邦雄氏が如何に熱心な勉強家であるか、というような編集とは余り関わりのないことを話されていた記憶がうかぶ。[*52]

とのことで、実務をばりばりこなす森岡氏と、おしゃべりばかりの祖母という、とても対照的な二人だったことがわかる。

しかし、あるいは、だからこそというべきか、二人は仲がとてもよかった。その仲の良さは、雑誌『日本短歌』に掲載された「歌壇好敵手物語」に、

（前略）葛原妙子と森岡貞香の組合わせなども見事なものと稱すべきであろう。（中略）なんでもない日常の女の座から取材して、ひとたびイマジネーションが働き出すと天空を透明な翼のはばたきによつて支配しゆく葛原に對し、病みさらばえる肉體を地に横たえつつ寧ろ世界の混濁の闇に腕や指をさし出そうとする森岡。陽と陰とのこの對合はなつかしい。（中略）そのうえ兩女史の仲の良いことと言つたら（世間的な意味で交際が深いかどうかは知らない）えげつない女流歌人間のあの嫉妬を癒すための特效藥にしたいくらいだ。葛原の面前で森岡の悪口など言つたひには、ひどくむくられてしまうそうだ。*53

と書かれるほどだった。祖母はとにかく森岡氏と喋っていた。会えない時には電話をする。当時を知る松坂弘氏は祖母の思い出として、

葛原はよくこんなことを言っていた。

「私、森岡さんにはライバル意識をもっていてね、ある歌のフレーズが閃くと、夜更けでも彼女に直ぐ電話をして、こんなのが出来たのよって、刺激し合ったものです。また、総合誌にどちらかの歌が出ると、お互いによく読んで、あ、やられた…、なんて思って直ぐに電話し合ったものよ…」。[*54]

と書いているが、実際祖母があまりに電話をしすぎて、一か月の電話代が、当時私の伯母が勤めていた外資系銀行オフィスの、国際電話を含む一か月の電話代より高くなってしまったこともあった。伯母がそれをからかうと、祖母は悪びれる様子もなく、「出かければ交通費もかかるし、ご飯を食べたりして色々なお金がかかる、それよりも電話の方がずっといいんです！」と反論したそうだ。どんなに話しても話し足りない、いつまでも話題が尽きることがない、という感じだったのだろう。四十代でこんな風に語り合える親友に出会えたとは、祖母は幸せな人だった。そして死後に、その親友に数々の追悼文を出してもらい、[*55] 何より全歌集を出版してもらえたのも、本当に幸せなことだった。二〇〇二（平成一四）年に森岡氏の編集・解説で砂子屋書房から出版された祖母の全歌集は、まさに森岡氏が祖母の親友だったからこそ生まれた美しい本だ。見るたびに、これは故人と同じ空気を吸い、その作品世界や目指していたものを充分に理解している人の手になる本だと、私は思う。

一九八五（昭和六〇）年九月六日。暑い日だった。森岡氏は祖母の葬儀で弔辞を読んだ。今、私の手元に、その現物がある。二メートル近い巻紙に、細い筆で書かれたものだ。

お別れのことば

葛原妙子さま

あなたにおわかれのことばを申すためにけふの私があるのは悲しいことでございます

限りない情熱と勇気をもつて歌を詠んだ妙子さん

うたのひとつひとつに　そのたびに新しい羽ばたきをした妙子さん

戦後の女流の興隆期の中で　あなたの歌は　男性の歌人をも捲きこんだ新しい息吹でした

葛原妙子のうたのふしぎな美しさは歌よみ以外の人々をも虜にしたのでした

ひたむきにいのちとひきかへのやうにしてご自分の歌を作った妙子さん
あなたとは昭和廿四年各派の女流が集まつて生れた女人短歌会で御会ひした

のがはじめでした　そして三十何年もの長い間　何でも安心して話しあへる友だちで居られたのは私にしあはせなことでした

あなたは豊かであたたかな人でした　お互ひにライバルとして意欲をかきたてた日もありました　軽井沢の山荘で歌の話をしてあけくれたこともありましたね　過ぎ去つた日日の何もかにもたのしゆうございます　なつかしくて涙が出てまいります

あなたはもうこの世にはいらつしやいません　けれど葛原妙子のうたは　そのこととかかはりなく多くの人の中で一人歩きをして長く生きつづけることでせう　そのうたの中にあなたがいつも生きている　何を悲しむことがある　といまは思はなくてはなりませんね

葛原さん　さようなら

妙子さん　さようなら

森岡貞香

詩人ならではの、そして親友ならではの、やさしく美しい弔辞である。「そのうたの中にあなたがいつも生きている」という言葉が胸をうつ。

かねてより私は、詩人は予言者だと思っているが、優れた歌人である森岡氏の言葉どおり、祖母の歌は祖母の死後も人々の中で生き続けている。そしてその歌の中で、祖母もまた、いのちを永らえている。死出の旅路に出発するにあたり、芸術家として最も勇気づけられる言葉を、親友から贈ってもらった祖母。平坦な人生ではなかったかもしれないが、やはり幸せな人だと、思わずにはいられない。

祖父の思い出

「当家では、お皿は拭かなくてよろしい」

大森の家で、食事が終わると私は祖父とお皿洗いをした。タイルばりの古めかしい流しで洗ったお皿を、拭かずにそのまま乾燥させておく。祖父の言う「トウケ」という言葉づかいが珍しくて、この言葉は大森でしか聞かないなあ、と思っていた。

台所には小さな黒板が置いてあり、白墨で買い物リストが書いてあることもあった。そのカタカナまじりの字体が何とも古めかしくて、見るたびにいつも不思議な気持ちになる。今にして思うと、あの大森の家の台所で、知らず知らずのうちに、私は遠い明治時代の息吹に触れていたのだった。

日露戦争の頃に生まれた祖父は、私が物心ついた時には外科医の仕事を引退しており、何かと遊び相手になってくれた。私には祖母にいわゆる「おばあちゃん」として遊んでもらった記憶はほとんどないのだが、祖父との思い出はたくさんある。九九を教えてくれたのも、切り出しナイフで鉛筆を削る方法を教えてくれたのも、こよりで動物を作る方法を教えてくれたのも祖父だった。手先が器用な人で、祖父の手にかかると一片の紙がたちまちこよりに、そしていつの間にか犬の形になってしまう。まるで魔法のようだった。

小学校一年生の夏休み、軽井沢の森の中を歩きながら、徹底して英語の「R」の発音を訓練してくれたのもありがたかった。おかげで後に私は、英語や中国語の発音がきれいと人から褒められるようになったのだった。

医師の仕事はやめていたとはいえ、家族のためには薬を調合することもあった。

祖父が分銅を、ピンセットでそっとつまみながら秤に乗せていく。小さな分銅は薄い四角い板で、それが光を受けてきらきらと輝いて、とてもきれいだった。量り終えた薬を混ぜ合わせて、白い薄い紙の上に慎重に分ける。包むのを手伝った気がする。包み方はもう思い出せないけれど。

祖父と祖母は仲が悪く、特に祖母が祖父に愛情をもっていないのは子どもの目にも明らかだった。祖母にとって、祖父の様々なふるまいが許しがたいものだったのは充分に理解できるし、私も祖母の立場だったら許せないだろうと思う言動があったのは事実だ。周囲の大人たちも、芸術家の祖母をもてあますのとはまた違った形で、祖父に対しても批判的なまなざしを向けることが多かった。つまり、「おばあちゃんにも問題があるが、おじいちゃんにも問題がある」というわけだ。

しかしそれでも、子どもだった私にとって祖父は優しい人だった。もし祖父母が離婚して、両親がどちらかを引き取ることになるのだったら、祖父とならきっと一緒に暮らしていけるだろうな、と小学生の私は密かに思っていたのだった。

向学心をいつまでも持ち続けている人だった。祖父の部屋にはドイツ語だかラテン語だか、よく覚えていないのだが動詞の表が貼ってあって、子ども心に「おじいちゃんはいつも勉強しているんだなあ」と感心していた。後年私が大学に入って中国語を学びだすと、対抗して自分も中国語を勉強すると言い、テキストを買ってきて自習していた。

祖母が亡くなってから一人暮らしになった祖父を、私は大学の帰りなどにしばしば訪ねた。電話をしないでいきなり行くことが多かったので、ある時、来る前には電話をしてほしいと言われたのだが、私はなぜか聞き入れなかった。大森に行けば必ず祖父がいてくれる、という思いを抱えていたかったのだと思う。

その頃は家に入るのに、応接間に直接あがりこむのではなく、玄関から入るようになっていた。チャイムを鳴らしてしばらくすると、廊下を歩いてくる祖父の足音が聞こえてくる。ドアがあく。ああ、来たのか、といった感じで私を招き入れてくれる祖父。私はその顔を見ると何故かとてもほっとした。

祖父は甘いものが大好きで、食堂のテーブルにはいつもとらやの羊羹やあんこのお菓子と、緑茶の急須が置いてある。私がお湯を沸かすと、お湯の量が足りない、お湯はもっとたっぷりと沸かしなさい、と言われるのが常だった。

そうやって煎れたお茶を飲みながら、祖父は若い時のことも色々と話してくれた。私自身も大人になっていたので、そうした祖父の話がとても面白かった。祖父が中学生の頃、英語の教科書で読んだ長文で、主人公が船で海峡を渡る時に何かが海に落ち、「ぼちゃん」という音がした、それを覚えている、と言っていた。単語がsplashだったかどうかは覚えていないんだが……とにかく、広大な海の中に、何かが落ちて、沈んでいく様が印象に残ってねえ……。私はそれを聞きながら、七十年も前に読んだ英文のことをよく覚えているなあと思うとともに、夕闇せまる船の舳先で、潮風を頬に受け、ひとり海を見つめて立ち尽くしている気持ちになった。

ある時、そんな風に話しながら、祖父がぽつんと言ったことがあった。

「おばあちゃんとのことについて、色々な人が色々なことを言っているだろう。あれはみんな違うんだよ」

　私はその時、祖父の言葉の意図がよくわからず、ただ「ふうん」と聞き流してしまったのだが、何となく、祖父も辛かったのかな、と心に響くものがあった。

　子どもの頃、お正月に伯父や伯母の家族とともに祖父母の家に集まると、話はたいてい、祖母や伯父・伯母たち、私の両親を中心に盛り上がっていて、祖父はそれを黙って聞いていることが多かった気がする。私はそうした時、何も言わずとも、祖父の孤独が胸に染み入ってくるように感じていた。祖母の孤独とは種類が違う孤独だった。一人一人にそれぞれの孤独があること、そして一人の人間に、それを隠す様々な顔があることを、私は祖父母の家で学んだのだった。


　祖父は一九九五（平成七）年に他界し、その後大森の家は壊され、敷地が売られることになった。最後の片付けに行った時、台所から梅模様の大皿を一枚、貰ってきた。祖父と一緒のお皿洗いの、記念の品でもある。

　今でも、お皿を洗って水切りかごに入れるたびに、「お皿は拭かなくてよろしい」と言っていた祖父の声を思い出す。お湯を少ししか沸かしていないことに気づいた時にも、祖父の声が聞こえる気がする。そうして煎れた一杯のお茶を飲みながら、あの時なぜ、素直に祖父の願いを聞き入れて、電話をしなかったのか、いつも突然訪ねて、本当に申し訳ないことをしたな、と考える。ほんの少し苦い思いが、ゆっくりと心を浸していく。

まぼろしの枇杷

「おばあちゃんはカジンだから……」
周囲の大人たちがしばしば口にする「カジン」という音に、「歌人」という漢字があてはまることを知ったのはだいぶ後になってからだった。「カジン」にせよ「歌人」にせよ、同年代の子供たちが親しまないこれらの言葉は、大人たちから与えられた玩具のように、幼い私の傍らにいつもあった。

私が十六歳の時に他界した祖母は、生前に八冊の歌集を遺したが、当時はその名が歌壇とその周辺から出ることはなかったように思う。遅ればせながら異変に気づいたのは、没後三十年を経てからだった。ツイッターを見ていると、タイムラインに祖母の歌が現れる。ひらり、ひらりと視界をかすめて消える。それはどこか大柄な祖母の、ゆったりしたワンピースの裾が風にひるがえる様に似ていた。

とり立てて詩歌関係者をフォローしているわけではなかった。インターネット上で祖母の歌は新たな生命を得て、多くの方のつぶやきとなって拡散しているように見えた。

元来、祖母の歌は独語であった。それは本人もそう言っていて、祖母の言葉によればこうなる。

またついでにここで、私のもっとも好ましい歌のあり方を述べるならば、私は歌うことで訴える相手をもたないということである。故に歌は帰するところ私の独語に過ぎない。ただ独語するためには精選したもっともてきとうなことばが選ばれなければならないのである。

こうして私は、歌とは独語の形をとるときにもっとも美しいと信じている一人である。

ところで独語という聴き手や返事を求めない歌が、たまたま他に響いていってその人を感動させることがあり得るのだが、そのような時、私は素直にその幸福をよろこぶのである。[*56]

ひとりごととして完成された歌であればこそ、「つぶやきを投稿する」という媒体に似つかわしかったのだろう。死後に自らの歌にふさわしいメディアを得た祖母の幸運を思う時、私は祖母のように素直に、そして祖母のためにひそかに、喜ぶのである。

空高く晴れた二月の火曜日の午後だった。私は蒲田駅にほど近い大田区役所の二階にいた。

確定申告のためである。二年前に勤めをやめて以来、あちこちの大学をふわふわと飛び歩いて非常勤講師をしている。

税理士の先生は軽やかな指さばきで電卓をはじき、たちどころに六枚もの源泉徴収票の合計を出された。芸術的ともいうべき鮮やかな手並みに見とれた。

今のマンションを購入した際、その理由に、かつての祖母の家に近いからということはまるでなかった。越してから、ああここは大田区なのだ、祖母の住んでいた大森の近くなのだ、と、ぼんやり認識した程度である。

あの祖母の家はどうなったのだろうか。

三十年前に祖母が、そして二十年前に祖父が他界してから、あの家には一度も行っていない。

以前は病院だった広大な敷地の一角に、祖母の家はあった。子どものころ母から聞かされたのは、外科医として鳴らした祖父にはおよそ商売気というものがなく、病院を閉めてからというもの、近所の不動産屋の求めに応じて敷地を切り売りしてしまったために、往時に比べてだいぶ手狭になったという話だった。

それでも充分すぎるくらい広い家だった。平屋なのだが、天井が驚くほど高い。

子どもが駆けっこできるほど長い廊下。広い応接間。かと思うと、かつては女中部屋だったのか、よくわからないひどく狭い物置部屋。いくら探検しても飽きることがない家だった。

私が生まれた年にサンルームを付け足した食堂に、いつも祖母は座っていた。遊びに行くと、原稿用紙を細く短冊に切った紙切れに、歌の文句を書き付けては、それをノートに貼り付けていた。光あふれる食堂から廊下に出ると、とたんにあたりは薄暗く、私の家族が寝間としていた部屋などは、むしろ闇がおそろしい程だったことを覚えている。光と闇のコントラストの強い家だった。私は知っている。祖母が数々の幻を歌うことができたのはあの家だからだったということを。

祖母の家で、特に好きだったのが、敷地全体を覆っていた雑木だった。おそらく初めは庭木として整えられていたものなのだろうが、私が子どもの頃には既に荒れ放題、伸び放題になっており、駐車場で車を降りて家に入るまで、まるでジャングルに分け入るような楽しさがあった。

そのうちの一本に、大きな枇杷の木があって、季節になると私もその実をよく食べた。かつて伯父が少年だったころ、病棟と病棟の隙間の空き地で食べた実の種が芽生えたものであったという。祖母の随筆でも、この枇杷が人知れず成長していたところ、家の改築で初めてその存在が明らかになった、その後もこの枇杷は優遇されていない、大木になり過ぎて周りをかげらせ始めたから、など、ほんの少し枇杷に対してすまなく思っているような文章がある。

月夜になると祖母は、この枇杷の木が「近隣数軒の屋根を抽き、その向うを走っている国鉄の八本のレールの上に影を落す」のを想像した。

枇杷はその時、祖母の心のうちに高さ三十メートルの大木となって、恩寵として夜の京浜東北線をその腕の下にくぐらせてやったのだった。

確定申告が終わった私は、区役所を出たその足で隣駅の大森に行った。

駅からの道は二十年ぶりである。線路を左側に見ながらひたすら商店街を下っていく。

店は変わっていたが、全体の風景は記憶にあるままだった。そういえば子どもの頃から、この商店街の休みは火曜日だったな、と閉ざされたシャッターを見ながら思った。

しばらく歩いたら、左に折れて細い路地に入らなければならない。あの、うっそうとした木々に守られた平屋建ての家があったのは、その路地の右手だった。祖父が他界した後、伯父伯母、母たちは土地を売ってしまい、風の便りに、家は壊され駐車場になったと聞いていたが、実際に来るのは初めてだった。私は歩みを早め、やがて左に曲がった。

いっぽんの大きな枇杷の木が、天にもとどくほどの高さに、聳え立ってはいなかった。濃い、つややかな葉を、茂らせてはいなかった。薄い黄色の小ぶりな実を、たわわに実らせてはいなかった。

そこに、あの平屋建ての祖母の家のあった場所に屹立していたのは、二十四階建てのタワーマンションだった。

私はしばし立ち尽くし、周囲の風景にそぐわない、あまりに巨大すぎて異界の入り口のように見えるその建物を眺めやった。

その時祖母の枇杷の木は、地中でまぼろしの根をはりめぐらし、それはＪＲ線の八本のレールの下をくぐってどこまでも広がり、やがて海へと達した。


枇杷の實が屋根打つときにいつの世のものとしれざるめがねかけをり　『朱靈』

注

＊1　信田葛葉「俳壇の二閨秀　宮田歌舟女史と長谷川光波女史」『生活』五（一一）、一九一七年、三八〜四二頁。
＊2　人事興信所『人事興信録』（七版）一九二五年、やー六六頁。
＊3　三枝いく子「表情術と日常生活」『婦人之友』五（三）、一九一一年、七九頁〜八三頁。
＊4　『主婦の友』一七（一一）一九三三年、『主婦の友』一八（八）一九三四年、『ホーム・ライフ』二（五）一九三六年、『主婦の友』二一（一）一九三七年などに、禮子のグラビアや記事が掲載されている。
＊5　東京工業大学建築学科、および、東京帝国大学理学部地震学科で学び、建築家となった常正が、伊藤家の人々と実際にどの程度交流があったのかは不明だが、千田是也の弟、伊藤貞亮が東京工業大学建築学科の一年後輩であったことは名簿から確認できる。
＊6　猪熊葉子『大人に贈る子どもの文学』岩波書店、二〇一六年、二六〜二七頁。
＊7　葛原妙子「美しい老女」『短歌研究』九（六）、一九五二年、一一〜一二頁。
＊8　宮田みぎわ女「母歌舟女のことなど」『ゆく春』五〇（一）、一九七七年、二〇〜二一頁に、晩年の津祢の様子が記されている。
＊9　葛原妙子「二人の老人―追憶から―」『潮音』四一（七）、一九五五年、一二二頁。なお、正雄の死については、葛原妙子「面影往来」『潮音』六二（一）、一九七六年、一六二〜一六七頁にも記載がある。
＊10　『潮音』三六（三）、一九五〇年、三頁。なお、この歌は歌集には採録されていない。
＊11　宮田歌舟女「春星抄」『現代名家女流俳句集』交蘭社、一九三六年、三八頁。
＊12　穴澤芳江『我が師、葛原妙子』角川文化振興財団、二〇一六年、二三頁。
＊13　猪熊葉子『児童文学最終講義　しあわせな大詰めを求めて』すえもりブックス、二〇〇一年、および前掲『大人に贈る子どもの文学』。

＊14　穴澤芳江前掲書、三八頁。
＊15　葛原妙子「埋めざりしや」『随筆集　孤宴』小沢書店、一九八一年、九一頁。
＊16　葛原妙子「ひとりうたげ　桃の花だけ豪勢に　一組の雛と過ごす夜」『読売新聞』一九七七年三月三日夕刊七面、「帰ってきた雛人形」『読売新聞』一九七九年十月十六日夕刊九面。葛原妙子「ひとりうたげ」「対面」前掲『随筆集　孤宴』、二〇七〜二一二頁、二二〇〜二二五頁。
＊17　葛原妙子「アカシヤの花」『女人短歌』一（一）、一九四九年、五〇頁。
＊18　葛原妙子「かけす」『灰皿』一、一九五七年、四五〜四七頁。
＊19　この歌は後述の『主婦の友』の記事に寄せられた祖母の歌だが、歌集には採録されていない。
＊20　「女流歌人の『私の生花』」『主婦の友』三九（七）、一九五五年、四四〜四五頁。
＊21　『週刊サンケイ』二〇（二五）、一九七一年、一〇七頁。
＊22　近藤芳美「葛原妙子さんの追憶など」『短歌現代』九（一二）、一九八五年、九五頁。
＊23　塚本邦雄「紅衣先驅」『短歌』二七（五）、一九八〇年、五四〜五五頁。
＊24　葛原妙子「随所に朱となれ」『をがたま』一、一九八一年。
＊25　塚本邦雄『百珠百華―葛原妙子の宇宙』花曜社、一九八二年、四三頁。
＊26　結城文『葛原妙子―歌への奔情』ながらみ書房、一九九七年、一一三頁。
＊27　川野里子『葛原妙子―見るために閉ざす目』（コレクション日本歌人選〇七〇）笠間書院、二〇一九年、八頁注。
＊28　以下、引用はすべて葛原妙子「おとめよ、ためらわずに―嫁ぎゆく娘におくる―」『婦人生活』六（三）、一九五二年、一〇四〜一〇七頁による。
＊29　この歌は、歌集『橙黄』では、「聖書にゆらぎて蠟のひかり微かかくてをとめの思春は過ぎむ」となっている。
＊30　穴澤芳江前掲書、二九頁、四三頁にこの話が載っている。
＊31　この歌は、歌集『縄文』では、「夕明りきよきがなかにさばさばと離るるあらばいま離れしめよ」となっている。

＊32 葛原妙子「黄金週間前後」、および「魂の自由――詩人の死――」前掲『随筆集　孤宴』、五二頁、六六頁。
＊33 前掲「魂の自由――詩人の死――」六七～六八頁。
＊34 室生朝子「葛原妙子さんのこと」『高原文庫』一一、一九九六年、四八頁。
＊35 室生朝子によると、犀星は最晩年に自ら毎日葛原病院に通っていた。室生朝子『晩年の父犀星』講談社、一九六二年、一四二～一四七頁、講談社文芸文庫（一九九八年）再録。
＊36 森岡貞香「覚書き・文化としての短歌と歌人II」『女人短歌』三七（一五六）、一九八八年、八～九頁。
＊37 「沙羅談話―書く人・歌う人―」『女人短歌』九（三〇）、一九五六年、五一頁～六五頁。
＊38 前掲「沙羅談話―書く人・歌う人―」六四～六五頁。
＊39 室生犀星文学アルバム刊行会編『室生犀星文学アルバム　切なき思ひを愛す』菁柿堂、二〇一二年、七〇頁。
＊40 前掲「葛原妙子さんのこと」四九頁。
＊41 葛原妙子『原牛』白玉書房、一九五九年。なお、この叙文から言葉が抜粋され帯文となっている。
＊42 『定本　室生犀星全詩集』第三巻、冬樹社、一九七八年、四〇二～四〇三頁。
＊43 室生朝子「老いたるえびのうた」『追想の犀星詩抄』講談社、一九六七年、二五四頁。
＊44 前掲『をがたま』一、八～九頁。なお、ここに引用した犀星の詩は葛原妙子が掲げた形であるが、『定本　室生犀星全詩集』におさめられたものは、句読点が異なっている。「剣を抜いて見詰めてゐると、／その逞しい美しさに驚く、／じりじりと美しさが滴れる、／鏡の中に坐つてゐる眩しい思ひがする、／その冷たい研ぎ澄んだやつ、／愛しなければ遂に錆をふくむ清浄極まる奴。」『定本　室生犀星全詩集』第二巻、二一二頁。
＊45 室生犀星「老いたる狐」『随筆　四角い卵』新潮社、一九六二年、一六七～一六八頁。
＊46 ここに引用したのは、葛原妙子が随筆「魂の自由――詩人の死――」の冒頭に掲げた形であるが、『定本　室生犀星全詩集』におさめられたものは、字句や句点が異なっている。「我は何者かと我

が有てるものを交換せり。／その者は長き髪を垂れ／暗夜とともに沒し行けり。／常に星のごとく明滅す。／我は彼より手渡されしものを擁き／雨戸の外の暗夜をうかがふ／雨戸のそとに大なる者立てり。／我は彼とともに或物を交換す。／死のごとく苦しきものを交換す。」前掲『定本　室生犀星全詩集』第二巻、一〇五頁。なお、この詩の初出は一九二八年三月である。

*47 前掲『定本　室生犀星全詩集』第二巻、一〇頁。

*48 前掲『定本　室生犀星全詩集』第二巻、一三五頁。

*49 室生犀星「庭をつくる人」『庭をつくる人』改造社、一九二七年、三七～三八頁、ウェッジ文庫（二〇〇九年）再録。

*50 室生犀星「蜜のあはれ　後記　炎の金魚」『蜜のあはれ』新潮社、一九五九年、二二二～二二三頁、講談社文芸文庫（一九九三年）再録。なお、この映画『赤い風船』については葛原妙子も言及している。「暗喩―象徴の原型について―」『潮音』五一（一）、一九六五年、一四五頁。

*51 前掲『定本　室生犀星全詩集』第二巻、一四四頁。

*52 樋口美世「相聞歌より挽歌へ（七）」『女人短歌』四七（一八三）、一九九五年、三七頁。

*53 「歌壇好敵手物語２」『日本短歌』二二（九）、一九五三年、六頁。

*54 松坂弘「［相似的な二歌人］どんなにちがうか　大坂泰と竹内温―アイロニー・ユーモア・ペーソス」『短歌研究』四七（七）、一九九〇年、六九頁。

*55 森岡貞香による葛原妙子の追悼文としては、例えば「妙子さんのこと」『短歌研究』四二（一一）、一九八五年、七三頁、「葛原妙子追悼記―ある日また―」『短歌』三二（一一）、一九八五年、二〇二～二〇三頁、「葛原妙子　覚書ノートのこと」『短歌現代』一二（二）、一九八八年、七六～七九頁、「うたは美しくあれ」『短歌現代』二六（二）、二〇〇二年、八一頁、などがある。

*56 葛原妙子「白い朝顔」前掲『随筆集　孤宴』、一五頁。

あとがき

はじめて祖母についての文章を書いたのは、二〇一六年の春だった。祖父母の家の跡地に建っていたタワーマンションを見た経験をまとめ、友人たちと作っていた手作りの小冊子に掲載した。勤めをやめて何かから解放された気分がしており、それまで書いたことのない類いの文章を、という気持ちだった。その時は、祖母について書くのはこれが最初で最後だろう、と思っていた。

それから六年後、不思議な縁に導かれ、祖母についての文章を書くよう、そしてそれをまとめて一冊の本にするようにという、誠にありがたいお声がけをいただいたのだが、正直にいうと迷いがあった。祖母が他界して四十年ちかい年月がたち、記憶が薄れつつあったということはもとより、短歌とは無縁の世界で生きてきて、短歌についいて何の知識もない私が、本など書いていいのだろうか、とも思った。エッセイ集というのも、これまで取り組んだことのないジャンルだった。

ただ、祖母のことを考えると、祖母は年齢を重ねても新しいことに挑戦する人であった。祖母が彼女の最も有名な評論「再び女人の歌を閉塞するもの」を書いたのは四十八歳、自分の歌誌を創刊したのは七十四歳の時だった。祖母自身がその歌誌、『をがたま』第四号の後書きの中で、

四十八歳などとは今日けちくさい少女のようにもみえる。例えば今の女の人のはたらき盛りは五十代の半ばあたりからであり、六十歳を過ぎて歩き出す人さえあるからである。

と述べている。この言葉に励まされた。記憶を呼び起こし、調べ、親族から証言を取りながら二十篇ほどの小文を書いた。二〇一六年に書いた最初の文章「まぼろしの枇杷」は、記念として加筆なく最後に置いた。

執筆に当たっては多くの方にお世話になった。軽井沢高原文庫の大藤敏行館長には軽井沢での祖母の写真をご提供いただいた。また大田区立山王小学校の吉田明菜先生には「運動会の歌」の楽譜を見せていただき、着物ライターの安達絵里子氏には雛人形について貴重な助言を賜った。ここに御礼を申し上げたい。

また、伯父の勝畑喜市郎、伯母の猪熊葉子、母の勝畑典子、従姉の猪熊エリをはじめ、多くの情報と励ましを寄せてくれた家族・親族、そして調査・執筆を支援してくれた夫の金子泰晴にも、感謝を捧げたい。

何よりも、本書を構想し、形にしてくださった書肆侃侃房の藤枝大氏に謝意を表したい。執筆によって死者も生者もともに成長し、和解する可能性に気づかされた。またとない機会をお与えいただいたことに、心より御礼申し上げたい。

二〇二三年七月二十日

金子冬実

初出

・祖母の思い出

「祖母、葛原妙子の思い出」(『短歌ムック　ねむらない樹』八、書肆侃侃房、二〇二二年、一一六〜一一九頁)を加筆修正

・軽井沢のこと

「二階の人　葛原妙子の思い出」(『軽井沢高原文庫通信』第一〇〇号、二〇二二年、三頁)を加筆修正

・栗の木はさびしきときに

「栗の木はさびしきときに―葛原妙子の歌をめぐって」(『短歌ムック　ねむらない樹』九、書肆侃侃房、二〇二二年、一九〇〜一九一頁)を加筆修正

・しずくひとつ、取りさった幸福

「しずくひとつ、取りさった幸福―葛原妙子の文箱から」(『短歌ムック　ねむらない樹』一〇、書肆侃侃房、二〇二三年、二一四〜二一五頁)を加筆修正

・まぼろしの枇杷

「まぼろしの枇杷」(『円窓』一、四〜九頁)

本書で引用した葛原妙子の歌は、森岡貞香編『葛原妙子全歌集』（砂子屋書房、二〇〇二年）に、
また室生犀星の詩は『定本　室生犀星全詩集』（冬樹社、一九七八年）による

葛原妙子（くずはら・たえこ）

1907年東京生まれ。東京府立第一高等女学校高等科国文科卒業。

1939年、「潮音」に入社し、四賀光子・太田水穂のもとで作歌を学ぶ。

終戦後、歌人としての活動を本格化させ、1950年、第一歌集『橙黄』を刊行。

1964年、第六歌集『葡萄木立』が日本歌人クラブ推薦歌集（現日本歌人クラブ賞）となる。

1971年、第七歌集『朱靈』その他の業績により第五回迢空賞を受賞。

1981年、歌誌『をがたま』創刊（1983年終刊）。

1985年没。

■著者プロフィール

金子冬実（かねこ・ふゆみ）

1968年東京生まれ。旧姓勝畑。早稲田大学大学院で中国史を学んだのち、東京外国語大学大学院にて近現代イスラーム改革思想およびアラブ文化を学ぶ。博士（学術）。1995年より2014年まで慶應義塾高等学校教諭。現在、早稲田大学、東京外国語大学、一橋大学等非常勤講師。1996年、論文「北魏の効甸と『畿上塞囲』── 胡族政権による長城建設の意義」により、第15回東方学会賞受賞。

まぼろしの枇杷《びわ》の葉蔭《はかげ》で　祖母《そぼ》、葛原妙子《くずはらたえこ》の思《おも》い出《で》

2023年9月2日　第1刷発行

著　者　金子冬実
発行者　池田雪
発行所　株式会社 書肆侃侃房（しょしかんかんぼう）
〒810-0041
福岡市中央区大名2-8-18-501
TEL 092-735-2802　FAX 092-735-2792
http://www.kankanbou.com
info@kankanbou.com

編集　藤枝大
DTP　黒木 留実
印刷・製本　モリモト印刷株式会社

ISBN978-4-86385-590-8 C0095